U0038531

三民叢刊156

愛的美麗與哀愁

夏小舟著

三民書局印行

人生能有幾回搏

十年前的一個秋夜，天氣晴朗，一列客車駛進日本的天神車站，一名女子從車上拾級而下，步履顯得踉踉蹌蹌。她沒有像其他旅客一樣急衝衝地向車站出口走去，而是拖著疲沓的腳步，似乎沒有目的地跟著其他旅客移動。

突然，她在車站的看板前停下、看板上貼著一幅十分醒目的大海報「巨獎徵文！男人和女人！」一行大字跳入她的眼簾。她把臉湊上去，眼睛瞪得大大的，鼻子幾乎貼著海報……

讀了夏小舟的〈巨獎徵文〉、〈世上只有兩種人〉和〈自己的故事〉之後，在我的面前出現了如上的一幕場景，場景中的女主角是一名來自北京負笈扶桑的留學生，這位留學生便是本書作者夏小舟自己。

小舟說：「那時候，我是一個倒霉的女人。」結婚六載的丈夫因為分居兩地，經不起時空的考驗，不甘寂寞，移情別戀，這對在戀愛和家庭觀念上很傳統、重感情的小舟是沈重的打擊，而雪上加霜的是，因年齡超過規定四十天，失去了繼續領取獎學金的資格，她離開幫助過她給她獎學金的小鎮荻原，爬上火車茫無目的地來到了另外一個市鎮天神。

失去獎學金，只不過在求學時間裡，失去經濟依靠，小舟不會太苦惱。但失去了丈夫，使她失去了「相伴之力」，失去了精神和感情的依靠，卻是非常沈重，而使隨之而來的失去獎學金的困擾百上加斤。

或許是天無絕人之路吧！「巨獎徵文」，機會自動地呈現在小舟的面前。人生能有幾回搏，機會來了，小舟還能不拼命一搏嗎？

我真不能想像，一個外國來的留學生，對日本文字的掌握和日本文化的理解隨便怎麼說也難和土生土長的日本人較量，而對手有多少呢？可以成千上萬，其中又有多少是日本文壇上已嶄露頭角的作家。重賞之下必有勇夫，因為獎金很可觀，勇夫的人數也一定是很可觀的，小舟沒有退路，以她驚人的勇氣，堅強的意志、深厚的功力和出眾的才華參加這一場「巨獎大賽、文魁之戰」。

兩軍對陣，勇者勝。對小舟來說，這一仗的對方是不知數量有多少的日本人，而她，一個人地生疏單槍匹馬的留學生。在成敗關頭，需要作殊死一搏的時候，一個人的力量有多大是無法估量的，即使這個人是一個孤單的弱女子。奇蹟終於發生，夏小舟勝了，她還打破了一項紀錄，由日本北野財團主辦的徵文大獎，創辦二十年，第一次大獎被外國人奪得。小舟得了一筆可觀的獎金，使她能在日本完成學業，得到她的第二個文學博士學位。完成學業後，獲日本大學聘請執教。

經過十年浩劫，中國出了一大批有才氣的作家，出了一大批代表時代的作品。中國新一代的作家，共同的特點是有豐富的人生閱歷，親身經歷了不論深度或廣度都是史無前例的動盪和變革，他們對生活深有感受，又十分敏感，所以他們成了時代的執筆人，寫出不負時代使命的作品。不足的是他們中間的多數人存在著一個共同的弱點，他們缺少深厚的文學基礎，沒有受過基本訓練。

與大多數中國的中青年作家比，小舟是天之驕子。小舟升大學的時候，十年動亂已經過去，中國逐步走向開放，青年人已經在很大程度上把命運掌握在自己手裡。小舟勤奮好學，不僅考上大學，讀完博士，而且東渡扶桑，繼續深造，終於在日本得到很不容易得到的文學博士學位。

小舟是學歷史的，博古通今。她負笈日本，後旅居美國，從東方到西方，見識甚豐，她的深厚的學歷和豐富的經歷使她功底厚實，古今中外，她滿腹經綸，她成為一位學術型的作家。在中國，學術型的作家因十年動亂出現斷層，可喜的是小舟和她的同代人正在成長。

作為一個作家，除了文學根底、聰明敏感以外，最難得的是善良和愛心。有功底的人不一定敏感，很聰明的人不一定厚道，而所有優點均兼備者就可貴了。讀小舟的《愛的美麗與哀愁》，她的文章無恨無怨，她的文章充滿愛心和童心，這才是最可貴的。

作為一個作家，更要有文德，何謂文德呢，就是要對讀者負責，不嘩眾取寵，不無病呻吟，不空洞無物。小舟的《愛的美麗與哀愁》寫的都是男人和女人的故事，但每篇各有主題，不炒冷飯，她是真正下了功夫的。

我讀小舟的文章，感到如一絲清泉，潺潺流入心田，感人肺腑。小舟的真摯、善良和高尚的情操融入了她的作品。現在繼《夢裡有隻小小船》和《東方・西方》之後，小舟的第三本散文集《愛的美麗與哀愁》由三民書局出版，我為小舟高興，也為讀者慶幸。

十年前的一個秋夜，在日本的天神車站，一名女子從剛進站的客車上拾級而下，她拖著疲沓的腳步向前移動……這個場景中的女主角如今用自己神奇的故事作引子，寫了一系列男人和女人的故事，最後彙編成冊出書了。

在書店的櫥窗上，出現了一幅十分醒目的大海報：「夏小舟新著：《愛的美麗與哀愁》」，過路的行人都把眼睛瞪得大大的，看著海報上耀眼的大字。

小舟這一次不是為了參加徵文競賽，而是為了獻給讀者。這次沒有巨獎，有的是讀者的讚賞。

愛的美麗與哀愁　目次

人生能有幾回搏　程懷澄

序篇　世上只有兩種人
——男人和女人

序篇

世上只有兩種人——男人和女人

巨獎徵文

那時候，我是一個倒霉的女人，相親相愛六年之久的丈夫，到澳洲留學不到三年，便不耐寂寞，居然移情別戀，與別的女人同居起來。正在日本攻讀博士學位的我，偏偏又雪上加霜，因為年齡超過規定歲數僅僅四十多天，便失去了繼續領取獎學金的資格。那是一個晴朗的秋日，人家牆頭的柿子從青色轉紅，像一盞盞可愛的小燈籠，在颯颯秋風中搖曳著。我一個人，坐在緊靠窗口的座位上，手裡緊緊抓住一個母親在我赴日留學時，一針一線縫下的布書包，像抓住一個前程，一個希望。因為那裡面有我最後一個月的獎學金。六萬日元，合五百多美金，要交學費，要付房租，要喫飯，在十多根扁豆就要好幾美元的日本，這點錢所能給予的日子，真是緊巴巴的呀！這還不說，從下個月起，我就要失去它了！我將要靠自己的雙手，一分錢，一分錢地從苛刻的日本老板那用汗水，也許還有血水和淚水賺出來！我把頭埋在母親的布書包上，像嗅著母親溫馨的祝福，淚水從我的心尖上湧出，又順著臉頰淌下，我輕輕地抽泣起來……。

火車在伊勢丹線上急行，那個名叫荻原的小鎮就這樣離我遠去了。我將永遠記住，這個小鎮上有一群善良的人，他們捐出錢來幫助一個在日本名牌大學將要取得博士學位的外國留學生，唯一的限制是受領人不得超過規定歲數，而我就在這一點上被命運捉弄了。我怎麼可以不超齡呢？一個孩子的母親，一個結過婚又被丈夫拋棄的女人，一個在大陸唸過博士，當過四年講師的女人！現在，年齡使我與小鎮永別，以後我一定還會再來這個青山環繞的小鎮，當然不是來領獎學金，是來感恩，懷舊……。

火車在燈火輝煌的天神站扔下我，又匆匆駛遠了，我踉踉蹌蹌地從站臺上走下來，突然發現車站的看板上貼著一幅十分醒目的大海報，我湊上前去，一行大字便跳入眼帘：

巨獎徵文！男人和女人！

男人和女人？我瞪大了眼睛，鼻尖幾乎貼在那張海報上了。說實話，我並不是被這題目所吸引，而是獎金數目，實在多得令人難以置信，這對於一個窮困潦倒，飄泊異國他鄉的可憐女人來說，實在太誘人了，正在為錢肝腸欲斷的我，立即抖擻起精神，一行行仔細唸下去……

富士財團是日本可數巨富，為弘揚文化，鼓勵文學創作，該財團從一九六五年起，設立徵文大獎，今年的題目是：男人和女人。

我們生活在一個千姿百態，千奇百怪的人間社會，萬事萬物錯綜複雜。其實，上帝創造的世界本來極其簡單，男人和女人，便是這世間的一切。

徵文要求以男人和女人為題目，寫出各國別、人種、文化歷史背景的男人和女人之間的感人故事，夫妻、情人、男女友人、男女敵人、恩愛、情讎，分析男人和女人之間的吸引，反饋、撞碰、融合、異化、緣分、孽障、前生、後世、生生、死死、相輔、相成、相克、相欺、陰陽、天地、乾坤、星月……

我讀不下去了，只覺得腦子一陣陣生疼，腳下像踏了一團棉花似的，身子也無力地靠在牆上，我的眼前一陣陣發暗，哐噹一聲，車站震動起來，又一輛夜行車放下了一大堆乘客，他們潮水般地向我湧來，我一陣旋昏，眼前全是黑壓壓的人。

人！是啊，他們都是一些可以稱之為人的高級動物，不管年輕的、年長的、漂亮的、醜陋的、富有的、貧窮的、有教養的、沒有教養的、有道德的、沒有道德的，只有一樣命運，他們每一個人都從上帝創世那一天領到了，而且終生必須服從，那就是，必須做一個男人或者是一個女人。

就這麼簡單，人類的故事，實在就是男人和女人的故事，芸芸眾生，無非男人和女人。

我決定應徵，向命運之門敲擊。

男女關係

我從車站出來，天已完全黑了下來，而且下起了淅淅瀝瀝的雨，一個典型的日本南方的秋夜。

我朝那幢名叫望莊的公寓走去，那裡有一間六平方米的，地上鋪著稀稀疏疏榻榻米的小屋屬於我，我進得門來，給自己沖了一碗日本的麥茶，便伏在矮桌上鋪開了稿紙，房裡很靜，靜得聽得見蟑螂在榻榻米下踊動。

我列下了一張表，我想在這個世界上，男女關係真是包裹了人間一切關係。

首先，夫妻關係，男人和女人，沒有一絲一毫的血緣關係，卻白天喫一鍋飯，晚上睡一個枕頭，無論精神、肉體和金錢都可以合在一塊，他們的關係有法律的約束。

其次，情人關係，男人和女人，可以分別是未婚、或是已婚，必須有肉體的結合，否則情人關係不能成立。

再次，朋友關係。男人和女人，可以沒有肉體、經濟的關係，但有精神上的交流，那就是朋友了，這種朋友關係，是一種士為知己者死的認同，是忽略了性別的。有人說，男女之間不能成好朋友，那是不對的。但，男女要做朋友，首要一點是把對方看做抽象的人，而不是具體的男人或女人。

又次，路人關係，這種關係也許是男人和女人很常見的關係，你和他，沒有感應，不放電，你不是有意忽略他的性別，而是極自然忘掉他是異性，這樣的男人和女人，你就是給他們創造一千個愛的機會，他們也會讓這機會溜走。

又又次，敵人關係，夫妻反目，情人鬧翻，異性朋友失和。彼此憎恨的男人和女人，製造出世間最強烈的敵意時，會是一齣悲情活劇。

再又是，倫理尊卑關係，父與女、母與子、兄與妹、叔嬸、姑舅、翁媳、丈母娘與女婿。

……

男女的關係，大致不外乎以上幾種類型吧。

自己的故事

我和他結婚前，大家都很羨慕，有人說我們是男才女貌，有人說我們是女才男貌，不是奉承話，當時，我年年輕輕便唸了博士，在大學教書，他二十七歲就當了處長，也有輝煌的學歷。我會跳舞、彈鋼琴、愛寫謎一般小詩，他跳高、踢足球、英俊挺拔。我的父親是大學教授，他的父親是高幹。那時，文革的陰雲已經散去，我們在北京西郊的香山腳下，又幸運地分到一套寬敞的住房，婚後第二年，我生下了一個可愛的小男孩，接生的醫生舉起孩子說，好聰明！好漂亮！父親學電腦，母親學文學，你長大了文理都好呢！

我們熟悉對方，就像熟悉充滿四周、一刻不能缺少的空氣一樣。他回家晚了，我不會追問，知道他一定有比回家更重要的事要做。我回家晚了，他更不會疑心，知道我一定是在大學的教研室忙著。

我不相信，會有一個女人比我更適應他。有一次，公寓裡開電梯的老婦人病了，換上她那花姿招展的青春女兒，我和丈夫邁入電梯，於是，小小的空間便有了三個年歲相仿的男人和女人。她和他距離很近，她的柔髮幾乎觸著丈夫雄性勃勃的下頰，那一瞬間，我發現，她的臉上騰起一陣紅雲，他呢？平靜得像無風掠過的秋水，可是，也許敏感的我卻也在他的眼睛裡捕擄到一絲迷惑！那一刻，我知道了，男女間的吸引，誘惑很本能，很自然，也很危險！於是，不等電梯停穩，我伸出手去，挽住了我的丈夫，留給她一個警告的背影。

可是，後來，他去了澳洲留學，我卻被大學強制留下，未能與他同行。兩年後，我到了日本，攻讀第二個博士學位，我們之間，隔著山，隔著海，也隔著春天和秋天。時空殘酷地收走了當年我可以挽住丈夫、逃離誘惑的權利，狹小的電梯間換成了闊大的天和地，於是，他走了，不知是男人誘惑了女人，還是女人誘惑了男人。

男人和女人，如果是夫妻，那就要日夜廝守，《聖經》上也說過，要時刻追隨著妳的丈夫，因為女人本是男人身上的一塊骨中骨，肉中肉。否則，分離會釀出一杯最苦的酒，讓你獨飲。

傷痛

丈夫的背叛，像一把尖銳的鋼刀，深深地插進了做為一個多情的女人用來盛受愛的瓊漿的胸襟。殘酷的事實粉碎了一個本來是玫瑰色的人生之夢。那一瞬間，不用看鏡子，我便曉得時光老人一下子從我身上偷走了十年，原來應該屬於我的快樂生命。

我憔悴得像秋天原野上無人問津的荒草，潦倒地等待著冬的冰雪收走我還殘存的一點兒生機。

我不再化妝，我把唇膏、粉餅、眉筆、眼影，這些可愛的女人用物通通收進一個箱子裡，再推到床下，「女為悅己者容」，斯人已去，我還有什麼興致呢？我本是個愛美的女人，在日本時，就是再苦、再累，我也要把自己裝扮得乾乾淨淨，漂漂亮亮，給風看，給雲看，相信它們會把美的信息帶越千山萬水，帶到他的面前，可現在，我要對鏡洗紅妝了。

我不再歡笑，過去那個受父母疼愛，師長褒獎，朋友讚許，丈夫保護的幸福小婦人已經不存在了，我成了一個沈默寡言的女人，臉上像掛著冰霜，冷冷的，剛走近我，就會被寒氣逼走。

我不再社交，跟有家有室的人在一起時，我怕聽女人說起她的先生，男人說起他的太太；跟獨身的男人，我怕他萌發感情的糾葛，跟獨身的女人，我怕她告訴我她的孤獨，跟與我有過同樣命運的女人在一起時，我又怕從她身上看到我的影子。

我不再自信。我不只一次地失敗過，經受過人生各種磨難，可我都有辦法去戰勝它。大學快畢業時，我腹部長了一個瘤，醫生起初認為我已癌症晚期，只有五個月好活，可我挺過來，在病榻上復習功課，在動手術證實只是良性腫瘤時，我考上了碩士班。我鎮定，是因為我自信。還有一次，我教一門新課，沒有多少時間準備，偏偏牙齒疼得要命，去看醫生，他說要補，我說沒時間了，於是拔了一顆挺好的大牙，我用犧牲它來換取了人生的主動，我敢做，也是因為我自信，牙是我的，我是它的主人。可我把握不了丈夫，世界上沒有任何一個男人或女人能把握住對方，婚書是紙做的，一撕就毀。

所以，我傷痛，來自曾經最親切的人給予的傷痛永不消失。那一種摧心撕肺的傷痛將永遠伴隨著我。我擺不脫，扔不下，因為它如一個深深的烙印，嵌在我的人生裡了。

所以，不到萬不得已，千萬不要輕易離婚。

懺悔

失去大愛的男人或女人，除了傷痛之外，另一個刻骨銘心的震撼一定是懺悔。

古代的人給我們留下了懺悔的傷心紀錄。「忽見陌頭楊柳色，悔叫夫婿覓封侯。」這是一個美麗的少婦，在春日寂寞郊遊，想起良辰美景，而丈夫卻為了前程功名，離她萬里而去，她的丈夫也許還唸著她，也許已是陳士美似的人物，早已把她拋到九霄雲外，一個悔字，多多少少帶些辛酸，帶些不祥的信息。

現代人的懺悔，也和這不相上下。不外乎為了事業，為了前程，一個移民潮帶來多少男人和女人的分離？我們有「內在美」（內人在美國），「內在家」（內人在加拿大），我們還有空中飛人在太平洋上穿來穿去，我們有陪讀老媽，為了照顧小留學生，便把丈夫扔在一邊了。我們也有到大陸去淘金的男人，在淘金的同時，帶回了二奶！

於是，一個又一個悲劇發生了。我們的文化中，從古至今就有送別的一幕，女人送走男人，然後如何喫大苦，耐大勞，獨力支撐起一個家，那就是我們文化中敬佩的女人了。男人離開女人，一個人在外面闖蕩，衣服破了沒人補，肚子餓了自己找喫的，獨守空房，壓下生理的需要，甚至忘掉自己是一個男人或一個女人，王寶釧寒窯幾十年，就是我們欣賞的典範了！

那麼！我們為什麼要結合？如果不是分離，又怎麼會有這麼多的慘事發生？大陸的紀然冰被情夫的太太亂刀砍死，殺人的太太被繩之以法，其實我認為紀然冰可憐，太太更可憐，連那包二奶的男人也可憐，分離造成了人性的曲扭，扭曲了人性的男人和女人一定會有失去理性的血淋淋事實給世人看。

在這個世界上，有些事情本來可以避免，我們知道懺悔就好。

去愛一個男人或一個女人，又把他當作人生的另一半，那就一定要把他或者她看得比事業、金錢、綠卡更重要。這些都可以失而復得，就是不得也無所謂，但是，失去一顆心，就很難很難喚回，喚回的心也有了異樣的不潔。

相伴之力

男人和女人最終結合，成為夫妻，成為一體，本意是要取得相伴之力，《傳道書》中有一段話，說的正是這個道理。

兩個人總比一個人好，因為兩個人合作效果更好，一個人跌倒，另一個人可以扶他起來，如果孤獨一個人，跌倒了沒有人扶他起來，他就遭殃了。兩個人可合力抵擋襲擊，單獨抵抗就無能為力，兩股合成的繩子是不容易拉斷的。

小民大姊，是臺灣著名的散文作家，她的作品溫馨親和，頗得我心。我與家聲再婚時，她給我們寄來一套紫色的夫妻服，還寫下一段婚禮的祝福，她說：「從此，你和他不再是兩個人，要一心一意彼此相愛，彼此寬容，貧病相待，安樂與共。前面是一條又光明，又艱巨的新路，但路上不孤單，因有伴侶與你同行。」

我的一個姨媽，畢業於湖南湘雅醫學院，後來終生行醫，是一個著名的婦產科醫生。老一輩的人都知道，湘雅醫學院是美國人辦的學校，姨媽曾來美國進修，這在當時，是一個女人了不起的輝煌經歷。母親說，年輕時的姨媽身材高䠷，面容姣好，又有學問，所以追求她的人很多，很多。可她自己從事婦產科，每日在患病女人的呻吟中，在生產女人的喊叫聲中泯滅了嫁人的念頭，她決心終生不婚。有一個男人，是我母親家的世交，他和姨媽從小就青梅竹馬，玩在一塊，後也留學歐洲，學成後回到祖國，有很好的職業，依然常去看姨媽。於是，兩家長輩開始提親，認為雙方年紀相當，又是世交，彼此都很了解，如果結合，那是再好不過的事情了。

姨媽卻躲著那個男人，好像他身上有刺似的，一看見他就趕緊跑回自己的房子裡，半天不出來，那男人只好和舅舅們聊天，最後悻悻地離去了，從此，再也不來找姨媽。姨媽還有一個男同事，也曾向她表達過愛慕之心。當時，姨媽已經是一個年近四十的老處女了，男方也是一個優秀的婦產科醫生，所以我外婆很贊同姨媽嫁他，老人家常扶著拐杖，悄悄地到醫院去看那位男醫生。可姨媽依然關緊了心中那一扇通往婚姻之路的大門，她說自己與那人既是同事，工作中合作得很好，彼此也很關切，有這樣的緣份就很夠了，為什麼非要結婚呢？

姨媽解不開心中的暗結，她不願生育，而婦產科的男大夫和女大夫恰好相反，據說最喜歡太太生一大群孩子。姨媽大概是出於這一點考慮，決心不嫁他。

可是，姨媽依然愛著他，而且愛得一定很深沈，很痛苦，如果有一天沒有見到他，她就心裡像揣了一隻小兔，忐忑不安，不知他為什麼沒有到醫院來。如果她和他正好一同做手術，她主刀的手就有些微微發抖，而他也會無端地向護士們發脾氣，他們從大口罩上裸露的雙目裡傳遞著彼此心靈的感動，久而久之，姨媽內疚了，認為這是對病人的不敬，是對自己事業的褻瀆，於是她離開了那家教會醫院，到一家私人診所工作，後來，她就聽說他娶了一個小學教師做太太，太太為他生了一大群孩子……。

姨媽從此再沒有愛過一個男人，也沒有一個男人再來愛她。她挽救了許多女人和孩子的生命，卻沒有一個孩子的生命與她有一條母子的臍帶相連，她一直和外婆相依為命，六〇年，外婆去世，她就剩孤零零的一個人了，兄弟姊妹都已結婚成家，各自忙著各自的事，她偶爾到他們家走走，又覺得自己是個外人，她孤獨慣了，反而看不慣熱鬧。

文革中，姨媽被打入牛棚，別人還有親人安慰身心的創痛，她卻沒有丈夫，沒有兒女。正如《傳道書》中所言，孤獨一個人，跌倒了沒有人扶她起來。

文革剛結束，她就患心臟病去世了。母親說，姨媽是個未出嫁的女兒，就讓她和外婆葬在一塊吧！

我常想，如果姨媽當年出嫁，她的後半生一定不會這麼淒慘，即使婚姻上受到挫折，也畢竟比一輩子做一個老處女好。

女人，來到這世上，一定要和男人結合，要為人妻，為人母，要從異性身上，找到相伴之力，否則她或他的人生一定是有缺憾的人生。母親說，姨媽不願承擔男人與女人之間的責任，所以她也就得不到男人與女人結合後的快樂，就像農夫讓一塊土地荒蕪，春天他得到不勞作的快樂，秋天他就一無所獲一樣。

所以，無論男人還是女人，去尋找另一半，從另一半身上得到相伴之力，是一件美妙的事情。

年齡與婚姻

三四十年代的上海，是遠東第一大都市，當時在這東方之夢的都市裡，蘇青和張愛玲是文壇上最負盛名的女作家。有一次，記者與蘇青、張愛玲訪談，問道：「依照女人的見解，標準丈夫的條件怎樣？」蘇青回答道，「第一，本性忠厚，第二，學識財產不在女的之下，能高一等更好。第三，體格強壯，有男性的氣魄，面目不要可憎，也不要像小旦。第四，有生活情趣，不要言語無味。第五，年齡應比女方大五歲至十歲。」張愛玲則回答說：「常常聽見人家說要嫁怎樣的一個人，可是後來嫁到的，從來沒有一個是她們的理想，或是與理想相近的。看她們有些也很滿意似的，所以我決定不想有許多理想。像蘇青提出的條件，當然全是在情理之中，任何女人都聽得進去的，不過我一直想著，男子的年齡應當大十歲或十歲以上，我總覺得女人應當天真一點，男人應當有經驗一點。」

我們仔細讀了兩位女作家的話，發現有一點她倆是共同肯定的，那就是認為丈夫應該比妻子年齡大一些，張愛玲開出的年齡是大十歲或是十歲以上，看來，這是她一生信奉的原則，她自己的兩次婚姻都好像與之吻合，她的第一位丈夫胡蘭成，年齡就比她大不少。第二任丈夫賴雅與她結婚時，愛玲是三十多歲，賴雅有六十多了，一大就大出了一倍多！

年齡是閱歷的積累，是人生的行進，是一個又一個「林花謝了春紅，太匆匆」的感慨，無奈，上了年紀的人，雖也想「且將偷閒學少年」，但畢竟生命的意義有所不同。年齡就是歲月的年輪，愈來愈厚重，得到和失去的都在歲月的行進中成了過去。晚霞和朝霞，一樣的絢麗，一樣的色澤，但生命的本意卻是截然不同，一個呼喚出嶄新的一日，一個卻送別逝去的時辰，我想，男人和女人，若是結成夫妻，恐怕還是年齡相近的好。

英國查理王子比戴妃大了許多，一個富貴無雙，一個美貌蓋群，本來是人人羨煞的好姻緣，偏偏卻以離異告終，除卻一些尚不為人所知的原因外，查理王子的情人卡蜜拉是這樁婚姻失和的主要原因。

卡蜜拉與查理王子年齡相當，已是四十五、六歲了，如此年紀的女人居然比較她年輕，較她美麗的戴安娜更能拴住查理王子的心，使多少人不解，其實，我想，年齡就是一切問題的起因。卡蜜拉與查理王子是同一時代的人，他們一同走過的歲月，該有多少回憶，多少共同的話題！而戴安娜呢？在王子心中，也許是一個可愛的佳人，可佳人看久了難免也乏味，只有生命的內涵才真正值得珍視。何況，王子是個軟弱的男人，在卡蜜拉那邊，他尋到了一個傾吐討論的對象，一個避風港。

所以，不要指望年長一點的男人更成熟，也許他比妳還脆弱。不要想著找一個比自己小太多的男人或女人，因為你們不曾擁有共同的歷史。當然，例外的事例不是沒有，不過，我說的只是男人和女人之間的普遍規律。男人大個三或四歲，就真的很好。

結婚的理論

薇妮是我的美國女友，我們住在同一社區，她的先生是一位牙醫，據說賺錢頗多，可脾氣不太好，一回家，便悶在房裡一個人躺在沙發上打瞌睡，打完瞌睡就對太太扳個臉。他要薇妮笑不露齒，不是他也欣賞中國的古訓，而是每天看病人的牙，已經使他一看見牙就身心交瘁。薇妮的婚姻一定不快樂，我這樣推測。

有一天，薇妮來看我的菜園，我們在碧綠的草地上擺了兩把木椅，悠閒話家常。不知怎麼的，又提起了彼此的先生。「小舟，你很幸福，你的先生看來脾氣挺好。」薇妮說，順手採下一朵雪白的蘋果花兒，放在手裡揉著，「可我的先生就不同了，他大概在診所把笑都給了病人，回家就再也笑不出來了。跟他在一起，真是度日如年呀！我們結婚已有五年，再忍幾年我就該和他拜拜了！」薇妮臉上平靜如一汪死水，沒有一絲波瀾。我很同情薇妮，連忙欠欠身，說：「真是很不幸呢！但願你先生以後能改變自己。」薇妮笑了，笑得很開心的樣子，說：「他能否改變我不知道，但我要改變自己了。」不待我說什麼，她又接著說下去了，「有一個婚姻的理論，我是它的信奉者，一個女人應該結三次婚呢！第一次，青春正好，要嫁一個自己稱心如意的丈夫，要貌美體健，要性感！錢呀、性格呀通通不用考慮，享受青春就行了。人到中年，要嫁一個有錢的，人到晚年，再嫁一個善良的、脾氣好的攜手同行，這樣一來，女人的人生就什麼都全了！」

我還是第一次聽到這個理論，覺得有趣，記了下來，但我並不十分贊同這一理論。結了離，離了結，女人一生就這麼折騰過去了。機關算盡太聰明，反誤了卿卿大好時光。女人的生命本意並不僅僅限於婚姻，不過，要找一個有貌，有財，有良心的男人還真不容易，分而取之，也是女人的一片苦心呀！

總之，這個理論使我心酸。

上篇

夫妻之間

A夫妻的故事

A夫妻是老鄉，他倆住的很近，女的是彭家村，男的是李家村，村與村之間隔條小河，河水才三尺寬，所以走兩步就邁過去了。

他倆同上一所小學，一所中學和一所大學，學的又同是數學專業，畢業後，A太太成績差些，就去了一所郊區的中學教書，A先生成績好些，就留在城裡的中學教書。

倆人都住在學校的單身教師宿舍，但每到週末或假日，倆人都會回到彭家村和李家村去，有時在小橋上碰到，倆人就把彼此的腳踏車放到一旁，倚在橋頭的石柱上，一聊好幾個鐘頭，不是情話，是舊話，因此倆人的心都十分平靜，平靜得如同橋下的流水，因為河床逐年上昇，水流得幾乎停止一樣。

有時聊累了，A先生就會說，走，一同喫碗米粉去！A太太立即響應，於是倆人就都坐在大槐樹下的米粉攤子前了。

米粉都一樣，細細長長的，雪白雪白的，可澆頭不一樣，滷味的上面是油炸花生米，切得薄得透明的滷牛肉片。生菜的上面是肝尖和新鮮瘦豬肉絲。

A先生說我喫生菜的，熱呼呼的提精神，A太太想了想，也要了一碗生菜的，她不是迎合老同學，而是也認為生菜的比滷味的看起來更誘人。

喫完米粉，他倆看看時間還早，又相約著去看了場電影，因為是臨時來的，他們只有選前面的座位坐著，有熟人看見他倆了，那人神秘地一笑，可A夫妻並不領會，他們是老同學，看場電影又有什麼呢？

電影散場，他倆隨著人流湧出電影院，外面的月光很好，但他倆卻不想再在月光下走走談談，因為該說的都已經說了，彼此都有些覺得累。

又過了兩週，他們又碰面了，這次是在米粉攤子上，A太太發現A先生依然在埋頭大嚼一碗熱氣騰騰的生菜米粉，A太太也要了一碗，她四週張望一下，發現只有他倆在喫生菜米粉……

兩年後，他倆結了婚，不記得是誰向誰求婚，他們倆就好像兩條小河一同匯入大海，分不清誰是誰，反正，妳是水，我也是水。

A先生的主意A太太肯定贊同，她不是怕先生，而是那主意正是她的主意，只是借A先生的口說出來罷了。所以，跟別人在一起時，A先生說了什麼，A太太便點頭，省得再說。A太太說了什麼，A先生也不想再說，因為說了就等於重覆，而重覆又有什麼意思呢？

他們的家，安靜得像深山裡無人踏過的小徑，生了一個小孩，於是，家裡就只能聽到小孩子的聲音。A太太總覺得小孩長得不夠快，就一天到晚追在小孩後面餵，有時餵得太多，小孩哇地一下吐了出來，A先生也不吭聲，因為他知道要是他，也會追著餵，直到小孩吐出來才罷休。

他倆是夫妻臉，一樣圓呼呼，和和氣氣的。買衣服時，A太太挑了一件女裝，咖啡色的，A先生挑了一件男裝，顏色也近於咖啡色。

A先生不沾魚腥，因為他小時候，喫了一次農藥污染了的魚，又吐又瀉，送到醫院急救，差一點死了，所以結婚後，他告訴A太太他不喫魚的慘痛歷史，A太太的眼裡閃動著同情的目光，從此不再在家裡買魚做來喫。後來，如果到朋友家吃飯，她也不再把筷子伸向魚了，漸漸地，大家都知道，A夫妻都不沾魚腥，A太太的母親很奇怪，問女兒為什麼要跟著丈夫跑，女兒強喫了幾筷子魚，當下就噁心要吐。

他們的婚姻一路走下來，真是，也無風雨也無晴，天生的一對。月下老人的紅線繫得很好，他們本是一種人，A太太心想，她和A先生前世一定有緣，A先生或者是她的兄弟，或者前世也就是她的丈夫，她把這想法告訴A先生，A先生笑了一下，說，他也這麼想過。

A先生從不看別的女人，因為他認為女人都差不多，家裡的女人就是天下女人的縮影，有一次在菜場買菜，無意中手碰到了一個女人軟呼呼的禁區，他覺得有些異樣，血流得快了一些，有些莫名其妙衝動，一天都魂不守舍，可夜裡睡在A太太身邊，用手推了一把太太，心中立即釋然，原來A太太也一樣，只是他平時沒往深處想的緣故。

燈光下，A先生仔細地第一次把A太太從頭到腳研究了一通，發現A太太的左腳板上有一粒痣，他心裡怦然一跳，他也有一粒，在右腳板上。

B夫妻的故事

B夫妻是從大陸的東北名城長春來美國的，一住就是十年。B太太是一家製藥廠的研究人員，B先生和外子家聲是朋友，算電腦工程師吧！B先生高，B太太矮，B先生和B太太都長得十分精神，他倆的父親是小學同學，可見他們的關係淵源流長。所以，只要一有機會，他們就追著別人問：「你倆乍認識的？」乍是東北話，是國語怎麼的意思，令人聽起來鄉土氣味頗重，可不等你回答，他們就先說起他們的戀愛史，B太太說：「我是他的領導，就是波士呢！我倆都是長春三中來的，我是他的班長！哎喲！他在學校那個壞呀，都高二了，還上樹掏鳥蛋，堵著女生嘻皮笑臉，這在美國還了得呀！一是虐待動物，二是性騷擾！」B太太說這話時，B先生在一旁笑得平靜、幸福。家聲形容得好，「笑得一朵花似的」。

我們兩家常來常往，因為住得頗近。每次去他們家，都看到同樣的一幅畫兒，B太太在罵B先生，有時笑著罵，有時怒著罵，有時長罵，一罵一小時，有時短罵，只有一兩句。有熱嘲有冷諷，有些罵像蜻蜓點水，有的罵卻像劈頭重棒，可不管怎麼罵，B先生都是一個模樣——笑得像一朵花似的。

有些罵有道理，比如，請人喫飯，滿滿一桌菜擺得令人口水直淌，米飯也盛好了，連酒也倒在小酒杯裡發出誘人的酒香。B先生突然從冰箱捧出個大西瓜來，朝桌上一放，說：「天好熱，天好熱，大家先喫瓜吧！」說時遲，那時快，B太太一個箭步從廚房衝出來，速度之快，可用急如星火形容，她一把抓住B先生的大手，用力一捏：「哎呀！我的祖宗喲！飯後水果，飯前酒，你這是獻那家寶呢！」

有些罵沒道理，比如，B太太到洛杉磯公差，B先生心裡很掛念，每天都要想方設法了解洛城的氣溫。B太太罵他多此一舉，相隔那麼遠，再熱也不能幫她扇扇子。我說這是愛的表現，B太太嘴一扁，連我一塊罵上了，「小舟就是酸，老夫老妻的，誰還講究愛呀還是不愛的！」B先生在一旁聽了，立即幫著太太說：「就是嘛！老夫老妻的，愛是不講了的！」弄得我好氣又好笑。

B先生據說是在罵聲中成長起來的，他把自己的所有成功都歸於B太太，你若誇他，他就一定會誇他太太。榮耀全都歸於太座，這在當今社會，雖是時髦之舉，但真正全心全意地願意去奉行的，目前為止，我只看到過B先生一人。

B先生在太太面前，不光笑成一朵花似的，而且那種發自內心的對B太太的敬服，看了真的讓人很感動，他總是笑咪咪地跟在B太太身後轉悠，B太太不知怎麼搞的，居然也很喜歡打麻將，B先生絕不參與，叉個手站在B太太椅子旁看熱鬧，太太嚷渴了，他的茶或果汁也就端了上來，我看著，打心眼裡羨慕，不禁對家聲說，像B先生這樣好脾氣的人，天下打著燈籠都難找，真是個有情有意的好先生！

家聲神秘一笑，說，走，回家我告訴你……

家聲回到家，扯著我在沙發上坐下，說，B先生三年中換了四家公司，從加州、德州、華州挨著個換地方，不是自己想走，是被別人趕走，逼走的！B先生技術好，腦子聰明得很，為人也厚道，一句話，是好人，絕不是壞人。可就有一點，脾氣暴躁，火藥桶似的，一點就炸了。上至公司老板，下到掃地的清潔工，他都和人幹過架！性子烈得和誰都處不長……，我從沙發上蹦起來，捂住耳朵說：「我不信，我是耳聽是虛，眼見是實，我可是親眼見的，B先生對B太太多好，對咱倆也和和氣氣的！」家聲說：「不錯，可關鍵是只要有B太太在，他的火就熄了，B太太是牧羊人，他是羊羔，B太太不在，他可就換了一個人似的，不信？咱們試試！保管他急毛火躁地咬你幾口！」

於是，有一回，B太太又到外州公差，我和家聲去他家，家聲還特意提了兩瓶啤酒，說是討好B先生，以免挨他白眼。

我們一按門鈴，B先生就開門了：「哦，是您二位呀！裡邊請，是哪陣風刮來了貴客，嚇我一大跳！」我說：「我們來之前不是給你打過電話的嗎？」B先生一甩頭髮，說：「不錯，你是打了個電話，可你說，老李，我們去你家看看，好像你是我的波士，我能提異議嗎？就衝你這口氣，我也得強打精神給你何太太開門呀！」他邊說還邊瞪我。我慌忙回頭望了望家聲一眼，見他捂著嘴怪笑，我搶過家聲的啤酒，往桌上重重一放，說：「好了！好了！老李，你和老何喝幾杯，我還帶來下酒菜了呢！太太不在家，伙食開得不好吧？」B先生斜著眼看了看啤酒，手一揮，說：「小舟，你別跟我來這個，我血壓高，你沒聽我太太說過呀！我還想多活幾年呢？你們有啥事快點說，我這幾天忙著呢……。」我一把拉著家聲的手，連連說：「老公，我信你了，咱們走，這個傢伙，活該老婆罵，換了一個人似的，一點不通人性！」我和家聲剛邁出門，就聽B先生砰地一聲關上了大門。

家聲一邊發動汽車，一邊得意地說：「怎麼樣？領教了吧！告訴你，B太太不在時，他就千真萬確換了個人！」

過了大概半個多月，一天傍晚，B太太打電話來了，還是那般豪爽熱情，說：「小舟呀！好久不來咱家溜達了，來坐坐嘛！整天在家還不悶得慌！」我放下電話，告訴家聲B太太讓我們去玩，家聲說，去！看看老李在老婆面前的熊模樣！我們去了，B太太像小鳥一樣嘰嘰喳喳從房裡奔過來歡迎，B先生跟在背後，表情嘛！還是家聲的形容好，「笑得像一朵花似的」。男人居然能笑成花的模樣，說明開心之至，幸福之極！

B太太倒茶，B先生洗水果；B太太搓湯圓，B先生翻箱倒櫃給我找北京果脯。B太太一口兩用，一會招呼客人，一會罵罵先生。

我靜靜看著這戲劇般的一幕，千言萬語不知從何提起，末了，禁不住說出一句話來，「李先生，你是個氣管炎（妻管嚴的諧音）哪！」我剛說罷，慌忙往B太太身邊靠靠，怕招來B先生一頓好罵！不料B先生微微一笑，說：「是的啦！我是景陽岡的一隻虎，她就是那打虎的武松！」

我笑了，一下子原諒了B先生。真的，在這個世界上，男人和女人之間也是如同世間萬事萬物規則，一物降一物，鹵水點豆腐，魔高一尺，道高一丈。B先生幸好娶的是B太太，換了別人，比如說像我這一類膽小如兔的女人，那後果就不堪設想了。

月下老人很愛顧B夫妻，一個會罵，一個聽罵；一個是虎，一個是打虎的人，真是天作之合，美哉，善哉。

C夫妻的故事

C夫妻來自臺灣，C先生是個做小生意的，C太太相夫教子，她不太懂生意上的事，反正，是賺了或是賠了，她都從來不往心裡去。C太太的耳朵彷彿生來是用來聽Good News（好消息）的，連電視節目中報導的哪兒發大水，哪兒有命案她都不聽，立即走過去關掉，再旋開收音機找最熱鬧的音樂聽。小孩子在學校不守規矩，有人告狀上門，她浮著微笑淺淺地應付來人，眼睛卻看著自家院子的中國牡丹，那是C太太的得意之作，嫁接成功的，不知是姚黃還是魏紫，反正是好品種。

C先生從外邊奔波一天歸來，一邊脫鞋，一邊嚷道，「哎呀呀！妳又讓小孩喫巧克力冰淇淋，又不好好用碗接著，看地毯上弄得成了什麼樣子！」C太太笑笑，趁C先生的目光又盯住了別的地方，連忙把擺在地上的小地毯移了一下，蓋住了大地毯上的污印，眼不見為淨，什麼時候有空再擦擦吧，現在不是忙這種小事的時候。

C先生一邊喫飯一邊告訴C太太，有一家客戶居然不守合同，要悔約退貨。C太太聽了，眼睛邊忙著尋找一塊最好的紅燒肉遞給先生，邊輕描淡寫的說：「退就退呢！天下人這麼多！」C先生嘆了一口氣，說：「妳呀！從來都不知著急。」C太太說：「急什麼！一棵草自然有一滴露！」C先生一扔筷子，有些氣了：「妳這是什麼話！妳沒看見街頭無家可歸的流浪漢！」C太太低下頭，慢吞吞的說：「我看見了，總是給他們一點小錢的，聽說政府也有救濟……」C先生更氣了，說：「妳這個女人，真是無可救藥！我這些年混得不好，妳從來不聞不問的！」C太太不吭聲，站起來哄小孩去了。

C太太有一幫女朋友，都是住在這個美國西部城市的太太們，大家有時一塊聚聚，一塊上超市，一塊交換種花種菜的信息。這些太太們的丈夫大都是在美國唸了學位，在大公司任職，像C先生那樣，靠小生意糊口的人實在不多。她們住的房都很寬大，用錢也較大方，C太太呢？因為丈夫所賺不多，住的自然很寒酸，家裡的用具好多都從Yard Sale買來，C太太自己已好多年沒去過外面理髮、吃飯，可是，她和那些太太在一起時，從來沒有什麼自卑或是羨慕之心。別的太太稱自己的丈夫「老公」，她則一定稱C先生是「我先生」，這本是區區小事，可是C太太那鄭重其事的模樣，使太太們都覺得C太太的丈夫是挺有本事的。

C先生的脾氣並不壞，可他是個有抱負的人。兄弟三個，只有他來美國後事業處處碰壁，搞房地產，賠了。賣保險，砸了。開了一個禮品店，門前冷落車馬稀；只好關門。真是事事不順，處處倒霉。有一天夜裡，我和家聲去C先生家拜訪，因C先生割草時，眼睛被小石頭蹦了一下，我給他送了一瓶中國出的眼藥，那C先生一見我，第一句竟是：「何太太呀！我老婆太不知道人生凶險了！這些年來，她從來沒急過一下，怨過一聲，好像這樣子就滿足了似的！」

C太太正在笑咪咪地給我們切西瓜，一聽C先生的抱怨，臉上慢慢地凝固了笑容，她搓搓手坐下來，沈默了好一會，說：「我和小舟交往不長，但自己覺得心很相通的，何先生也是很和氣的人，有些話我說出來，你們聽聽有沒有道理？我和先生是高中同學，結婚時，他各方面都往上走，事業很興隆的樣子。後來，他大姐幫他申請來美國，我勸他考慮一下，因為他是學政治學的，在機關服務了幾年，這樣的學歷，這樣的背景到美國去能幹什麼呢？他不聽，把祖上留下的房子也賣了，那時臺灣經濟還不行，房子賣得很賤，現在少說也翻了好幾倍，他悔得要死！來了以後，本該唸些書，學點有用的養生本事，可他一頭就扎進了買賣，人又比較死板，哪裡是做生意的人！他從此就怨開了，整天愁眉苦臉。我心裡起初也急，可是我不願讓他知道我的心事，我更不願意埋怨他。因為我結婚時，外婆給我講過一段往事，老人家說，抗日戰爭時，日本人打到了長沙，進而佔領了湖南全境，外婆和外公帶著孩子匆匆逃離，沒有錢的窮人就在湘江岸上自己走，挑著行李，拉扯著孩子，扶著老人。有錢人就坐在大木船上在河裡航行，日本人的飛機在天上轟炸。外婆家是鹽商，所以算有錢人，也在船上坐著，旁邊是一對年輕的夫妻，男的文質彬彬，穿著長衫，像是一個教書的先生，女的穿著裁剪合身的旗袍，懷裡抱著一個喫奶的胖孩子，還有一個女傭人跟著。一路上，外婆都見那太太在低聲切切嗟嗟地數落，埋怨先生，先生不聲不響，勾著頭聽著，突然，那先生站了起來，對太太說：『你再說，再說我就跳河了！』太太一聽，也站了起來，說：『跳就跳，難道我還怕你跳就不說了，你跳啊，跳啊！』砰地一聲，說時遲，那時快，那先生就真的一躍身跳到湘江裡了，太太哭天喊地，船工拿了一個竹勾來勾，哪裡還有蹤影！太太跺著腳叫停船，可是船上的人都反對，因為飛機在天上飛，大家在逃難，一個人的生命在那種動亂的時代算個什麼？可憐太太急得昏死過去，醒過來，手拍船板，哭著說：『我的人呀！我不怨你了，你回來吧！』外婆問那女傭，才知道太太怪先生沒出息，和人合夥做生意全賠了。

失去了一個最親近的人，這世上的一切還有什麼比人更寶貴的呢？外婆說，不要埋怨人，做錯了就做錯了，留得青山在，不怕沒柴燒。

女人嫁了男人，男人發達了就歡喜，男人倒霉了就埋怨，那是最不好的事情。要淡然地看一切，嫁了他，就認了他。也許外婆的想法早就過時了，不過我還是以為對，所以，我不怨他，平安是福，平凡是福，平靜是福……。」

C先生的臉很紅很紅，他好像受了很大震動，好久說不出話來，家聲走過去，拍拍C先生的肩膀說：「你有一個多麼明理賢慧的太太呀！男人有幸如此，夫復何求！」

從此，C太太成了我最好的朋友，我從她身上學到了平淡人生中最深刻的東西。

D夫妻的故事

李桃是我在大陸教書時的同事，好像比我小兩歲呢！那時她剛從南開大學調來北京工作，調動的原因是她的未婚夫在清華教書。李桃還沒來，未婚夫劉唯文就常來系裡跑進跑出，劉唯文長得一表人才，斯斯文文的樣子，他幫李桃要好宿舍，甚至連教課用的參考書也借齊了，食堂的飯菜票買了半年的，我們在一旁好羨慕，心想，這李桃何許人也？有這麼一位好男友！有人就傳說，李桃是個大美人！

李桃終於也露面了，大家都有些失望，因為她一點兒也不漂亮，甚至還有點兒難看。個子出奇的高，身材像搓衣板似的，頭髮清湯掛麵的掛在耳邊，衣服的款式早落了伍。嗓門又特別大，報到第一天，就把系主任帶助聽器的毛病治好了，從此，系主任很信任李桃，因為別人說話他都只能聽出三分之一、二，只有李桃的話聲聲入耳。

可大家很快又都喜歡她了，因為李桃不俗氣，說話幽默而不貧嘴，整天樂哈哈的。

有一天，李桃找到我說：「小舟，這個月的工資妳幫我收好行不？我要用時間妳要，唯文出差去了，這麼多錢我哪裡管得住？」我一聽笑得肚子疼，因為那時我和她都是地位最低的小助教，每月工資才五十多塊，幾天就花個精光，還有管不好的嗎？所以我不想幫她忙，說：「我又不是劉唯文，妳自己收好嘛！」

後來，劉唯文出差回來告訴我說，李桃把錢夾在書裡，書是從圖書館借來的，已經還回去了，也就是說，李桃白幹了一個月，錢不知跑到哪去了。

再後來，大家都叫李桃「馬大哈」（指沒有心機，糊里糊塗的人），因為她上課都會走錯教室，走錯了還不說，居然還硬給學生上了一堂課，學生要逃，她馬上把學生揪了回來，力氣太大，弄得學生手肘子都扭了。類似的笑話不知有多少，麻煩一點的事她就糊塗了，比如系裡給教師分蘋果，她立即跑去打電話：「唯文，快來，快來，蘋果好多，你快拿個袋子來！」劉唯文果然氣喘喘地從老遠的清華趕來了，那時他倆已結婚，劉唯文慢吞吞地對李桃說：「袋子就在家裡，妳自己拿不就好了，害我跑這麼遠！」李桃歪著頭說：「人家不知道嘛！」

以後，李桃跟劉唯文來了美國，我服從安排赴日本留學，和李桃失去了聯繫。直到我來了美國，才知道她在明尼蘇達州，劉唯文在大學教書，李桃也唸了博士，在一家公司工作，生了一個女孩，已六歲多了。

李桃說：「小舟，妳又不用上班，來我家看看嘛！一晃十多年了，什麼都變了！」我樂了，因為她的嗓門沒變，還是很大聲。

我想去，家聲不同意，說要轉飛機，又說明州很冷，等夏天再說吧！可夏天早過了，我依然未能成行。

終於，有一個家聲的朋友從明尼蘇達州來華盛頓州出差，在我家住了兩天，我問他認識劉唯文和李桃不？他一拍大腿，說：「認識，認識！那兩口子可有趣了！」他嚷嚷說：「沏茶來，小舟，我給妳講講他們的故事！」

家聲的朋友喝了一口香噴噴的北京茉莉香片茶，真的講起故事來……。

劉唯文和李桃就住在我家樓下，那時大陸留學生大批湧來美國，都是中國的精英呀！可說來可憐，咱們沒有錢！出國時口袋裡有一百美金的就算中產階級了，窮的，才二十多塊就做了個辭鄉去國人。劉唯文和李桃都在同一家餐館端盤子，那李桃牛高馬大，幹活肯出力氣，可是個天下最缺心眼的女人，任誰也不相信她托福考了六百多分！她明明聽見客人叫的菜是蘑菇雞片，走到廚房叫大廚炒菜時她就忘了，又折回來對客人賠個笑臉說：「對不起，您是要青椒炒雞丁呀？」你說客人能不怨？老闆能不跳著腳要炒她魷魚？可李桃有個好丈夫，這是她一生的福氣！只見那劉唯文不光照顧自己的一攤，邊尖著耳朵幫老婆聽，他連忙跑過來，說：「桃，快去叫菜，我知道，是蘑菇雞片！快！快！」然後飛也似地跑開照料自己的客人。劉唯文幹活又快又好，人又長得帥，老闆很器重他，老闆要趕走李桃，劉唯文就說話了：「趙老闆，您聽著，我就是為了我太太才在您這兒幹，如果您容不下我太太，我拔腳就和她一塊走！」老闆無奈，只好留下李桃。

你要是走進他們家，那可就熱鬧了，到處都是劉唯文給李桃貼的警告牌，比如冰箱上是：「記住要關冰箱門！」大門上是：「出門要鎖門，記住帶鑰匙！」書桌上是：「明天十點見教授！」就這樣李桃還一個勁兒出狀況！不是車鑰匙鎖在車裡，跳著腳到處找劉唯文問，就是忘記加油，車子死在路上等劉唯文趕去灌油。可劉唯文就是不嫌煩！

後來，劉唯文一下就取了博士，在大學找了教職。李桃畢業，折騰了好久才在新澤西州找了一個博士後研究位置，夫妻倆不得不分開了，李桃哭得淚人似的，也難怪，她離開劉唯文還不活得顛三倒四，糊里糊塗呀！可沒法子，只好去。李桃剛走，就有一個女人摻乎進來了！小舟，妳別急，聽我慢慢說，這故事好玩著呢！

那女人是大家公認的美人兒，精巧得像朵花似的，又年輕，又聰明，後面追求的男人排大隊趕集一般熱鬧，可她偏偏不理睬，天天往劉唯文那跑，公開說，她就是喜歡劉唯文，到了美國，誰還管什麼道德不道德的！

劉唯文一定思想上也挺受震動的，你想英雄都難過美人關，何況劉唯文充其量也不過是個學者，他能不動心？說給誰聽誰也不信呀！何況他和李桃都忙，兩人一年中也見不上幾次面，再說李桃那個笨笨的女人，那裡能跟這個女人比！所以，大家都暗中想，李桃這下慘囉！誰知道，正在這節骨眼上，李桃突然辭去了新澤西的事兒趕回明尼蘇達來了！她一時找不到事做，就在家裡賦閑。大家猜想一定是李桃聽到風聲了，所以才扔掉差事急忙趕回來，一問李桃，才聽李桃說：是呀！這劉唯文神神經經的，非要我辭去位置，說他頂不住了！原來是劉唯文的主意！李桃一回來，那女人自然打退堂鼓了，因為人家夫妻好得像一個人，她哪裡能擠進去！

聽到這兒，我的眼淚忍不住嘩地一下流了出來，男人，也有好樣的！李桃，妳真是個有福氣的女人呀！我向神禱告，願天下的男人都是好男人，願天下的女人都有福氣！不過，做為女人，我們要能幹點兒才好！像李桃那樣的福氣，畢竟是可遇不可求的呢！

E夫妻的故事

E夫妻是我的朋友的朋友，更具體的說，是B夫妻的朋友。到他們家去，對於我來說，是頗有些刺激和好奇的。一是因為他家住在山裡，那條只能通過一輛汽車的山間道路開著開著就會咯登一下，車輪擦著邊險些掉下去。每次開這段路，家聲就顯得比往常神氣和英俊，因為他終於瞪大了平時總是迷迷瞪瞪欲將睡去的雙眼，眉頭緊鎖，好像指揮若定的將領人物，這使我滿心喜歡，可一路上我的心像提在半空中似的，一直要等到E家深藍色的哥德式風格的房頂出現時，一顆半懸著的心才放回原處。二是E家神秘兮兮，E先生做什麼事的妳不知道，連E太太做什麼事的你也不知道。說他倆是臺灣或大陸的間諜吧，又不太像，因為間諜總要收集情報，了解敵情吧，他們好像不幹這個，連李登輝當了民選總統，還是我告訴他們的，E先生還以為是林郝配行時了呢！可一走進他們家，幾個電腦都開著，密密麻麻的接往外面的大千世界。E先生頭戴一個耳機，E太太也戴了一個，有時正聊著天，E先生一驚而起，跑進房裡，E太太也是一驚而起，緊追於後，也進了房，只聽一陣滴滴達達的類似發電報的聲音。我慌忙看家聲一眼，正巧他也慌忙看我一眼，我倆正不知所措時，E夫妻便出來了，一臉釋然和一臉微笑。

交往了大半年，我們才知道，E夫妻在做股票和期貨。E先生是高學歷的人才，原來在東海岸做事，已經做到高級主管了，年薪很可觀，可幹了幾年，有了一筆積蓄，便決定辭職，來到奧瑞崗海岸，在山裡隱居起來，專門做期貨。有時買幾十噸大豆，有時賣幾十噸汽油，黃金，白銀，德國馬克，日圓，他倆什麼都做。大豆，黃金都不見，幾個電話一打，噢進，吐出，賺了錢就自然進了帳戶，賠了錢就賠個精光。E先生說，有一次買了一大筆美元，噢準美元會漲，誰知期限到時，美元狂瀉不止，他們一瞬間成了一文不名的窮光蛋，連房子也保不住了，可另一筆石油買賣又賺了一大筆，這才挽回敗局。

我見過中國人開餐館，洗衣店，雜貨店，或在公司給別人幹，或自己開了公司讓別人給自己幹，卻從未見過E夫妻這樣的人物！

E先生個子小小的，臉色黑黑的，仔細一看，左腿還有些跛。E太太呢，可以說是我來美國以後見過的最漂亮的女人，因為她是一個中美混血兒，烏黑的頭髮，淡栗色的眼睛，皮膚像那種最上等的珍珠色，光潤，潔白。就是在家裡，E太太也像是去赴盛典式的裝扮著自己，那些服裝也不是平民百姓所能享用的。冬天，山間飄起了鵝毛大雪，E夫妻就不常出山了，一切食品用物都打電話向商家訂購，再送到他家去。E太太也不做家務，他家居然請了女傭！夏天，E夫妻有時會住到一艘自家遊船上去，那艘船就停泊在奧瑞崗海岸，據說，光買停泊權和保險就好幾萬呢！E夫妻家還有不少古玩，名畫，一個床頭的小擺設就是我們幾個月的工錢！

家聲說，E夫妻真闊！

神秘而闊氣的E夫妻在認識他們的圈子裡，流傳著不少故事。許多故事是關於E太太的，有人說，E太太是酒吧的舞女甚至乾脆是個妓女，錢多得無處可用的E先生對她一見鍾情，於是用錢買得佳人歸。我有些疑心這些故事的真實性，可家聲卻認為女人嘛，都是向錢看的多，男人呢，又都是向色看的多，所以女人大都是現實主義者，男人大都是理想主義者，E夫妻也不離此原則，不過是世界一對普通夫妻而已，那故事是聽厭了的豪門美女故事罷了。

可是，有一回，E夫妻請客，說是為了紀念他們夫妻結婚若干週年，要我和家聲前去赴宴。那一天，E先生和E太太都喜氣洋洋的，E太太穿了一件蓋膝長的絲絨旗袍，手上戴了一個碩大的鑽石戒指。場所是租來的，在一處豪華飯店裡。有人提議E先生講講他和E太太的婚姻史，E先生清了一下嗓子，真的就說了。「我結過兩次婚，前妻比齊潔如還漂亮呢，那時我在一家高科技公司當主管，人生頗為得意。可我這個人原來是學運籌數學的，對股票、期貨這些金融冒險天生就有興趣。我白天上班，晚上在家研究市場，收集數據，自己做市場走向預測分析。逐漸有了些心得，我決心辭去主管職務自己全心力投入股市和期貨買賣中去，把自己多年的積蓄做為資本。我想我都四十多歲了，人生有許多奧秘的地方我還沒有窺探過，我想成為一個百萬富翁，但我沒有可能在美國這個已經安排得十分妥當的社會裡擠出一條成功之路來，唯一既不靠人又不靠需要很大本錢的投資就是做金融冒險了。前妻很不贊同我的想法，她是一個很保守的女人，她預感我將徹底失敗。果然，我在一次期貨買賣處理失當中一下損失了全部積蓄，還背了一身債，只好宣佈個人破產。前妻一氣之下提出離婚，她帶走了兩個孩子，沒有從我這兒分到一分錢的贍養費，這個堅強的女人據說從未再嫁，靠自己的雙手養育子女，我和她失去了聯繫，直到今天，我成功了，成了很有錢的人，她也再沒有來找過我，我想我一定使她徹底失望了。離婚和破產使我幾乎淪入街頭流浪漢的境地，與那些街頭落魄者唯一不同的，是我堅持自己的信念，相信我有朝一日會成功！我不酗酒、吸毒，我永遠餓著肚子也要買一張華爾街日報看股市消息，我已經身無分文，可我還在觀察著股市和期貨市場，我相信我已有了經驗和信心。就在我最落魄的時候，我認識了齊潔如，這個女孩子當時處境也很不佳（怎樣不佳，E先生沒有說，姑且留下懸案，小舟注），我向她講我的理想，我的抱負，我的自尊心使我隱瞞了我過去的一切，但任何人從我當時的落魄樣便會痛感到一個成功的白領人士是怎樣親手毀掉自己前程的故事。潔如天生崇拜英雄，想嘗試冒險，她相信我是個天才，於是她居然愛上了我，和我同居。她養活我，替我留心各種機會，通過潔如的週旋，我認識了一個富有的印尼華商，我做為他的財務顧問，替他投資股市和期貨市場，我成功地避過風險，替他賺了成千上萬的錢，我自己也分到了一筆不小的佣金。我帶著潔如離開了窮人公寓，自己買了房子，安頓下來。不久，我就正式娶了潔如。我手裡還剩下一些錢，夠我們夫妻過一般柴米夫妻的日子，可是，我的心又開始躁動起來，我覺得這並不是我的人生理想，給別人當投資顧問，自己得到的不過是其中一小部份佣金，我要自己給自己賺！

我把我的想法告訴了潔如，她是一個可憐的女人，父母離異。從小無依無靠，沒有受過什麼好的教育，茫茫人世中，她走得比我還艱辛，如今好不容易有了一個像樣點兒的生活，我又要帶著她去冒險了。所以她很傷心，好多次哭得夜裡不能睡著。她說，為什麼你這麼不安份呢！用別人的錢投資，蝕了，是投資人的事，賺了，我們也好分佣金，我活得太累了，不想再冒險！我說，那好吧！我給你自由，你隨時可以離開我，我也會將這幾年賺的錢全部留給你，至於我自己嘛，我還是要去冒險，我有了經驗，我相信我會成功的！人生很短暫，拼過了，也不過幾十年，不拼吧，也是幾十年，我想拼一下！潔如想了好幾天，還是決定跟我在一塊，她說，我都想過了，最壞不過是回到我們最初相識時的情況吧！我崇拜你、信任你，我們一塊冒險吧！於是，我們用房子和一切財產做抵押，向銀行借了一大筆錢，我們像獵人一樣充滿警覺地尋找投資市場上的獵物，我們不相信一切所謂投資專家的分析，我們自己列表，追蹤市場，尋找每一種股票的歷史走向，我們膽大而謹慎、果斷而持重，我們遊曳在世界投資市場的驚濤駭浪中，每一天、每一分鐘都緊張萬分！起初，我們一個勁兒的賠，賠得我們都快崩潰了，我對潔如說，你可以走了，和我離婚吧，避開一切煩惱，一切債務！她不肯，她說，天呵！這是天在懲罰我呀！我不走，天塌下來咱倆一塊頂著！

就在我們萬般焦急的時候，行情突然逆轉，開始一點點回昇，終於，一發不可收的拼命騰高，簡直無法相信，幾筆黃金、大豆和咖啡豆的期貨生意使我們一下成了百萬富翁。

我帶著潔如來到奧瑞崗，我們建下了這幢房子，過著半隱居似的生活。我們依然做期貨、股票，我們停不下來了。我喜歡這個行當，你可以不必和任何人打交道，一個電話和一臺電腦就和外面的世界溝通了。

好些人看見我的太太，都很想給她編一個故事，一個漂亮女人嫁給豪門的故事。其實，我們的故事卻是，她挽救了一個曾經一名不文的窮光蛋！真的，要不是我太太，我走不到今天！所以我從來對女士們很尊重，女人是很了不起的！她們會因為崇拜、信念而去愛一個男人，這一點男人很難做到……」

E先生講到這，家聲，就是我的先生一下站了起來，情緒很激動：「不對呀！男人也有因為崇拜娶太太的！比如我，當初唸了夏小舟的一本書，那書是朋友送我的，說失眠時看了可以昏昏欲睡，可我一看反而失眠了，心裡對夏小舟挺崇拜，便把她娶了當太太，誰知太太一進門，問題一大堆，一點也不像她的書那麼可愛！可見，找丈夫或娶太太，崇拜是要不得的！」大家聽了家聲的話全都哄地一笑，我暗中狠狠踩了家聲一腳！真的，愛情是傾慕、是崇拜，因之而結合的男人和女人，是很幸福的！當然，崇拜錯了很糟糕，比如我家先生，不過誰要他胡亂崇拜呢！但是不管怎麼說，因崇拜而結合的男人和女人要比因金錢或姿色結合的好得多，天長地久有時盡，崇拜漫漫無盡期。家聲現在不崇拜我的文章了，因為他知道那是我在我那張二十五美金買來的桌子上生產出來的，可他又有了新的崇拜，我會做一樣菜，材料是茄子和幾顆蒜頭，但香極了，好喫極了，那是我的獨創和專利！他愛喫，別處偏又喫不到，所以乖乖回家來。

崇拜是一條不易掙斷的紅絲線，把男人和女人拴在一塊！我想，E夫妻故事的底牌，應該是這一張吧！

F夫妻的故事

F先生天生就是個招惹女人的男人，他在哪兒一出現，哪兒就充滿了桃色新聞。可F先生製造出來的桃色新聞一不讓人討厭，二不讓人學壞，三不讓太太傷心。做到這三點很不容易，所以F先生是很值得寫一下，讓大家知道一點造物主在創造世界萬物生靈時，居然創造了這麼個人物！

F先生首先是風趣，可他的笑話只有女人愛聽。男人和女人的笑話是不同的，我家先生對女人精心安排的幽默從來不笑，他只笑男人提供的幽默。F先生講笑話時，十個女人倒有九個笑得蹲在地上站不起來，F先生便把她們一個個殷勤的扶起，幫著揉揉笑得生疼的肚子，你無法拒絕他，當然，笑過之後又有些後悔，覺得剛才F先生是在喫自己的豆腐，可下次他風趣起來，你還是笑得神經兮兮，並不在乎他扶了你的肩，揉了你的肚子，甚至趁機在你鬢角，唇間按了一個偷吻。

F先生其次是很英俊，像某一個正當紅的男影星、寬肩、濃眉、大眼、一隻棱角分明的嘴。他很注意儀表，襯衣永遠燙得筆挺，領帶從來都和嘴、脖子成三點一線。他自己挑衣，不要太太亂買，因為把買衣權交給太太很危險，哪一個太太肯花錢幫先生打扮？家聲娶了我之後，最貴的襯衣是十一美元一件的，外面罩上五元一件的背心，他卻渾然不知！所以，我和F太太一同去買減價的衣，F太太給自己挑，我給家聲挑。F太太忿忿然，卻也無奈，因為F先生，並沒有給她這個權利。

F先生再次是很能喫苦，F先生從大陸來，他十六歲到內蒙古大草原牧馬，一年中有半年是缺糧的，燒的是馬糞、牛糞，最好的菜是大白菜摻一點粉條，這是過年才能享用的呢！F先生在馬背上唸書，考上名牌大學，三年就結束了大學學業，來美國名校唸書，靠的是聰明勤奮，不光自己半工半讀唸了博士，還幫父母、岳父母各買一套住宅！他什麼苦都能喫，房子自己漆，柵欄自己做，汽車自己修，飯菜自己做，他嫌F太太的菜油大。什麼時候去，都見F先生在忙著，F太太在閒著。

F先生還是個很有事業的人，他自己從公司退出來，創辦了一家電腦公司，手下有四十多個僱員了。生意做到這麼好，F先生卻不驕不躁，今年在大陸又設了分公司，聽說弄得也好紅火的呢！

F先生千好萬好，就是見不得女人，一見女人他的心就化了。F先生是泛愛，愛天下所有女人。王小姐古怪刁鑽，他卻說她聰明好學，李小姐可去選醜拿名次，他說她美若天仙，張太太瘦若乾柴，他說她豐腴動人。梁太太胖得走不動路，他說她苗條秀氣。所有的女人在他口中，心裡都美妙無比。他讚美女人，同情女人，女人有事找他，他沒有不幫忙的，所以，F太太送他一個綽號，叫「婦救會會長」。

劉小姐找不到丈夫，談了幾個男朋友都吹了，F先生比劉小姐本人還急，一急就急中生智，說：「乾脆咱們搬到猶他州去，改信一個什麼教，我就可以娶好幾個太太，叫周小姐也一塊去，她也是小姑居處本無郎呢！都去，都去，我娶了你們不就太平無事啦？」

劉小姐不生氣，連F太太也氣不起來，因為F先生那模樣，活脫脫一個婦救會會長，不是掛名的，是負責的那種！

F先生無論工作多忙，都要管女人的閒事。他心甘情願地被女人騙，鄭太太要做生意，開口就問他借九萬元。F太太不肯借，說鄭太太人靠不住，萬一不還怎麼了得？F先生說：「不會，不會的啦！我只聽說有男人賴帳的，還沒聽說女人敢借錢不還的，女人都愛面子，比如你，就比我守規律，有道德心。」F太太一聽就樂了，說：「要借就借十萬塊，整數好記！」瞧，F太太總是上當！後來，鄭太太生意賠了，錢怎麼也還不清，F太太氣得胸口疼，

F先生斜眼偷望太太，說：「還是你有心計，當初你不就一眼識破了鄭太太的陰謀詭計，只有我是蒙在鼓裡，被她耍了！」

F太太年輕時是典型的江南美人，美的恰到好處，男人見了不起邪念，女人見了不犯紅眼病（不嫉妒），跟F先生結婚十五年，兩人很少吵嘴。F太太對F先生一切都滿意，連同他對女人的偏愛。F先生有時帶了某個女人在店裡買東西，正好碰上了F太太，那女人嚇得想躲進試衣室，偏偏試衣室正人滿為患。女人羞得臉通紅，F太太卻說話了，「你看見好的衣服也幫我挑一件！我走了，我還要去學校接孩子！你們慢慢挑！」F太太急匆匆地就跑了，一點兒也不往心裡去，我問她怎麼這麼慷慨，她說：「我家這位婦救會長，不抽煙，不喝酒，就喜歡跟女人搞在一塊，君子成人之美嘛！他也是玩玩罷了，管閒事，一見女人腿就邁不動了。要說真壞也不是，真要搞女人，還上商店搞呀！」我無言以對，因為我本人並沒有這方面的經驗，不知道帶女人上商店算不算幹壞事？家聲說，算！先買衣服，後來就正式幹壞事了。可F太太又認為不算，看來，男女偷情的標準也是很難界定的。F先生和女人的關係大都停留在算或者不算之間。比如，他從來沒有提出過要休了F太太另娶佳人的要求，他只想最好天下的女人都是他的太太。他也沒有給哪個女人很正式的承諾，例如是娶她或是要她當情人。他如果正跟某女人在一塊，剛好又有一位女人走過來，他便一定會誇那個女人，真心誠意地要這個女人也一塊參與喝咖啡或是跳舞，他沒有特定的女人，今天和Ｂ在一塊，明天又和Ａ在一塊，所有他認識的女人都從他那領到一頂高帽子，我和他只在一次集會中見過一面，他居然也送了我一頂，「你就是夏小舟呀！久仰，久仰，真是氣質美如蘭呀！」感動得我差一點不知人在何處。連我這樣堅定不移，對男人警惕性極高的女人都戴上他送的高帽子，可見Ｆ先生的確是個很討女人喜歡的人。

Ｆ太太對Ｆ先生放一百個心，因為泛愛等於不愛。《紅樓夢》中林黛玉就深知此點，寶玉愛大觀園這個姐姐，那個妹妹的，黛玉都不吃醋，可是寶玉只愛寶釵一人時，她就緊張萬分！Ｆ太太也正是這樣，Ｆ先生愛天下的女人，那只是一種愛好，和別的男人愛看棒球，愛打麻將屬於同一性質。

Ｆ先生見了女人就神氣萬分，Ｆ太太像看小孩子好喫巧克力一樣，雖不支持但能理解。這一對夫妻，不是也很有意思麼！「知己知彼，方能百戰百勝也。」夫妻之間也是如此，天下最知Ｆ先生的，說來說去是Ｆ太太，她一句淡淡的「這不過是胡鬧罷了！」就挽救了Ｆ先生一生的聲名，不然，像Ｆ先生這樣一天到晚和女人糾纏不休的男人，還不知要受多少正人君子的指責呢！

由於Ｆ太太的理解，Ｆ先生和女人們的關係愈來愈火熱。Ｆ先生的電話簿上，除了生意上必須往來的客戶外，一律都是女人的芳名。女人們的車壞在路上了，既不叫拖車公司，因為人家要收錢，也不叫自己的丈夫或是男朋友，都會給F先生打電話，F先生比救火還急，風馳電掣地就趕來了。

夫妻間吵嘴，女人也會叫F先生來，F先生不問青紅皂白，一律判男人們有錯。找不到對象的，他熱心張羅介紹，並且常做為女方代表，挑剔男方的不是。男方若是欺騙了女方，他會兩肋插刀和人拼命。

他是女人們的審美官，美容的指導者，誰的衣服犯了大忌，如「紅配紫，如狗屎」，他會追著那疏忽了美學基本理論的女人，非教她換上合適的衣服不可。因此，女人們剪了新髮式，買了新洋裝，丈夫視若不見時，都會到F先生面前晃一下，F先生一眼就發現了，或褒或貶，全都發自內心，所以女人們十分敬服他。

F太太見丈夫身邊有那麼多的女人，索性自己辦了個業務，推銷化妝品，於是，家家戶戶的太太小姐們都有一樣的腮紅，一樣的眉青，一樣的香水味兒。有人懷疑F先生和女人們的交往是為了F太太的生意。這一點是委曲F夫妻了，我親眼可證。先有F先生與女人的關係，後有F太太的化妝品生意，不相干的。

從遙遠的俄州來了個名叫劉彩花的女人，F先生自然對她關懷有加。劉彩花中了魔似地愛上了F先生，要F先生扔了F太太和她結婚。F先生慌成一團，說：「怎麼會這樣？怎麼會這樣？」劉彩花糊塗了，說：「怎麼不會是這樣？我們一塊跳舞，上商場，看電影，我的事你比我媽還上心，不娶我你這又是為的哪一樁嘛！」

劉彩花從此天天在路上堵著F先生，公司人人都知道F老板終於闖下禍來了。因為劉彩花一口咬定F先生騙了她，欺負了她，玩弄了她的美好感情。劉彩花深更半夜打電話到F家來，F太太要接，F先生一把拉住她，差一點跪下了，說：「不要接！一定是劉彩花！她逼婚來了！」F太太忍不住好笑，說：「那不正合你意？你不是天天嚷著要娶一百個太太嗎？這下反而怕了？」F先生說，「我只是想，並沒有要做，誰知這個女人就當真了？」F太太是大學中文系畢業的，很有文學修養，就說了一句：「君乃葉公好龍呀！」

從此，F先生和女人們的關係就鬆弛多了，有時，女人們叫他出去玩，他也不願去了。不過，他依然關心女人，同情女人，對她們傾注心血和汗水。但是，F太太更加放心，因為天下知F先生者，F太太也。

F先生和F太太的婚姻很牢固，而且看來還會一直牢固下去。因為F先生永遠不會外遇，不會拋棄太太，叫別的男人，整天在女人堆中泡，早就變質變色了。F太太也是了不起的女人，她寬容，理解，知道F先生是鬧著玩的，既是鬧著玩的，那就讓他去吧！這種氣度，有幾個女人能有呀！

G夫妻的故事

我要寫G夫妻的故事，已經想了小半年，可外子家聲一直反對。家聲從來看不到我的男人和女人的專欄，因為我家雖然訂了一份星島日報，但報紙一般下午兩點半來，我細細研究一遍自己的拙作，把自己想像成一個普通的讀者，去褒或是貶，一般貶的時候多一些。然後，我就抄起一把大剪刀把它剪下來收好。

家聲七點到家，喫飯，看電視，摸東摸西，從來不知著急，一直挨到十一點以後，他才會心急火燎似地嚷道：「喂！今天的報呢！不看過報我怎能安心？」他一看金門橋上的大洞張著就照例問上一句：「今天又寫老王倆口子還是老李倆口子的事啦！」我說：「是老黃家的事。」他就用皇上對臣下的口吻說上一句：「嗯，知道了，好好寫吧！」（標準的皇上用語是，朕知道了，退下吧！）不過，每天晚飯後，不管刮風下雨，我們照例要散半小時步，我就會把明天要說的故事先講一遍給夫君聽，他照例要下一道指示：「咱們要心平氣和，口不論人過。」「口不論人過」是家聲的人生準則，我的父親把我放心地交給他，據說就是欣賞他這一條人生準則。所以G夫妻的故事遲遲不能動筆，就是因為要寫G夫妻，就一定要「論人過」（講他人的不是），除非我為G夫妻粉墨掩飾一番，不過那樣，G夫妻就不是G夫妻了。

G夫妻是一對恩愛夫妻，首先，他們倆口子志同道合。G先生若是去搶銀行，G太太就一定是那放哨望風的。G太太若是借了你的錢賴著不肯還，那你見到G先生時就不要抱著幻想，企望他會替太太還錢，因為他倆早商量過了，就是不還！看你能把他倆生煎還是紅燒。甚至，你若是看見G太太和某一絕對不是G先生的男士在一塊鬼鬼祟祟，那你千萬不要報告G先生來捉奸，因為G先生一定會罵你多管閒事，他早知道G太太是去幹什麼了。同樣道理，G先生若是有什麼婚外情的苗頭，你千萬不要跟G太太一道同仇敵愾，因為過後才知道，那是G夫妻的美人計，你倒是應該和受害者站在同一陣線，向G夫妻討還正義。

G夫妻都沒有正式工作，他倆肩並肩，手拉手一同去移民英文學校上課，一上五六年，從來不準備畢業或是輟學。他們因為沒有工作，所以一直在領政府發的食品券，G太太上課時，會突然用手推推我，然後壓低了嗓門，眼睛像情人一般燃著一腔熱情，說：「小舟，你聽著，有件好事等著你！下課你到廁所裡等我，我把好事告訴你！」什麼好事還非要到廁所裡才揭曉呢！害得我幾堂課都沒心聽，一放學就朝廁所跑，看見G太太尾追而至，兩人像特務接頭對暗號一樣，只見G太太遞給我一疊食品券，另一手也在伸著，手心向上，「一手交錢，一手交券，你能買二十塊錢的食物，你只用給我十九塊九角九，划算吧！划算！你老公那傢伙五大三粗的，比我老公高一大截呢，喝起牛奶來還不喝個三桶五桶的呀！快，一手交錢，一手取券，這種便宜哪兒找？就衝咱來了美利堅，才有這個便宜佔！」

我楞住了，好半天才說：「這合法嗎？」

我剛問G太太合不合法，G太太的手就飛快地收了回去，然後拍拍我的肩說：「算了！算了！看你嚇得這熊樣，咱倆不談了。」那以後，G太太有一個月不和我說話。我心裡倒還難受起來，心想G太太也夠可憐的，她一定是很需要錢用，所以才找我交換。我們都是華人，我應該關心她。我是個很愛面子的女人，不好意思主動找G太太講和，就趁下課休息，到另一班教室找G先生，不料G先生一見我立即把頭掉過去，又趕緊別過來，狠狠瞪我一眼。我回家跟家聲感慨說：「瞧G夫妻感情多好！一是他倆互通音訊，二是他倆同仇敵愾，一致對外，像咱倆，我指東來你偏向西！」

G先生一見人多就吹牛，說他原來當過大陸的部長，我說什麼部？他說教育部，專管像你夏小舟這樣吊兒郎當的教書匠！我說教育部長我無緣碰面，可他老人家總是下好多文件讓我們認真學習，好像叫做什麼何東昌吧？我話音未落，G太太的手指就捅到我鼻子上來了，

「什麼何東瓜?瞧小舟你這記性，你以為你家老公姓何就包庇姓何的呀！我們家這位就是部長！差點就當副總理了！」瞧這夫妻倆多麼一致，我看別的夫妻，第一個罵先生吹牛的一定是太太，因為她最有發言權。可G夫妻不是，他倆永遠是一個戰壕中的戰友。

G夫妻還有一個愛好，那就是Shopping，什麼意大利真皮沙發啦！新式吊燈啦！高級橡木傢俱啦！一個勁地朝家裡拖！而且不停地換新退舊。一分錢不出，用了幾個月就退掉！退貨時像大爺似的，一點也不臉紅心跳！不過，這一套我們想學學不來，首先你得不怕麻煩，那麼笨重的東西買來退去，該花多少牛力氣?費多少口舌?其次，夫妻要團結一心向前進，我家這位何大少爺，一聽Shopping就瞪眼罵人，何況還要時刻準備著把東西折騰回去，坐在這樣的皮沙發上，包管屁股都要急出火來，睡在這樣的沙發床上，不夜夜失眠才怪呢！

G夫妻要買房，便像選舉時拜票似的，天天不論刮風下雨，太陽薰烤，挨家挨戶去借錢。G先生主講時，G太太就在一旁補充，說得你心頭暖暖和和的，唯恐G夫妻瞧不上你，不肯向你借，G夫妻是怎麼做動員報告的呢……

G先生說：「何先生，何太太呀！我們夫妻倆來美國這麼些年，從來沒有能力服務於華人社會，造福大家，心中慚愧得很呀！我們日夜思索，終於有了一個讓大家利益均沾的好主意，我們準備買一幢豪邸，因為我們是領福利金的，所以不敢把錢存在美國銀行，都轉移到瑞士銀行去了！你可千萬保密呵！說出去要砸我們的飯碗的呢！我們現在想用女兒的名義買一幢房，可瑞士銀行真操蛋，他們生怕我們這條大魚溜走造成銀行巨大損失，所以不肯痛痛快快把錢寄來，再說，這麼大數目的錢進來美國政府也會設專案組調查究竟不是？所以……」G先生停住了，G太太立即接了上來，中間只停頓了一秒鐘的樣子，「所以，我們想了一個兩全其美的主意，向你家借五萬美金，利息為百分之十三，待瑞士錢一殺到，立即本利兩清！小舟沒工作，你家上有老，下有小，所以我們多向你家借一點，也是幫幫你們，你們是好人，不幫好人天打雷轟的哪！」我和家聲聽得一驚一乍，連致謝意，可我們放著這麼多好處卻撈不到，因為我們實在拿不出那麼多錢，每月錢都緊巴巴的。G夫妻沒有借到錢，一點兒不生氣，倒是替我們可惜，說以後有了什麼好的主意，還要來幫助我家「脫貧」（脫離貧困），這次只好把好處讓給別家了。

後來，G夫妻果真買了房，不是豪邸，但也是四居室兩浴的新房子。接著就傳出好些人追著G夫妻討債，G夫妻東躲西藏，乾脆跑回大陸去了，房子出租給一個韓國人，那韓國人一臉殺氣，把前來找G夫妻麻煩的人通通嚇跑了。

據說G夫妻在深圳開了一家卡拉OK，生意旺得日進斗金，而且，說是卡拉OK，但店裡小姐都一個比一個漂亮，唱著唱著腰就軟了，要朝客人身上歇一會，所以有些色情成份。

好些太太們替G太太擔心，說萬一老G看上哪個小姐就糟了，G太太已年過五十，本來年輕時就沒漂亮過，現在更加不好看。我卻一點兒不擔心，因為要說夫妻間的融洽，夫妻間的合作精神，夫妻間的感情，那G夫妻是一級棒！小姐們插不進去，插進去了也會被擠扁了再扔出來！

有人說，G夫妻是狼狽為奸，倆人一樣壞！就像美國的脫口秀「Married With Children」中一樣，爸壞，媽壞，孩子也壞。可我認為這樣說太籠統，有一點我始終拿不定主意，不知如何下定論，那就是「夫妻一條心」，怎麼解釋？G夫妻真的一條心，真的恩恩愛愛。看來，男人和女人的事，還大有研究空缺值得我們去探討呢！

下篇

愛的美麗與哀愁

深山老夫妻

我的父親在地質大學教了一輩子書，可以說我就是在地質大學的校園裡長大的，因為大陸的學校，教職員工的宿舍一般都在校園裡，所以，父親說，他的女兒們都是校園的女兒。

從小就習慣了父親不在家的日子，因為地質大學的教師都要帶學生到野外實習，一去就是好幾個月。父親的腿如今七十多歲了還很健壯，因為他一生有很大一部分時光是肩背地質包，手持地質錘在千山萬壑中為國家尋找礦藏。五六十年代時，地質勘探隊員的生活曾經吸引過許多熱血青年，有一首歌唱道：「是那山野的風，吹開了我們的帳蓬，是那滿天的星，喚醒一天的黎明。」說的就是地質隊員的生活，聽起來十分詩意，其實，這專業很苦，上山背一書包冷饅頭，下山揹一包大石頭（礦物標本），越是沒有人跡的荒山野嶺越是要去，可是，父親卻很熱愛他的事業，每次從野外歸來，他都給女兒們帶來好多山野裡的故事。有一個故事，是關於一對深山老夫妻的，我至今記憶猶新。

父親說，有一道長長的山脈，像一頭老黃牛的背脊，臥在江蘇省南京市一帶，叫伏牛山脈，火車不通，汽車也開不進山來，地質隊用牛車拉來儀器，在山野裡搭起了帳蓬，週圍數百里荒無人跡，山上的竹筍嫩嫩的無人摘取，一轉眼又是一片新綠，秋天的山野，沉墜墜的是山栗，紅通通的是野蘋果，黃澄澄的是野山梨，溪水裡游著小鯉魚，溪頭的薺菜、蕨菜、山蔥綠綠油油的。父親有散步的習慣，有一個週日的早上，父親一個人順著溪水一路走了下去……

走了不知有多久，也不知走了多遠，父親常年在深山老林中工作，方向感很強，他不怕迷路，溪水愈來愈清亮，林子愈來愈茂密，忽然，父親眼前神話般地出現了一幅情景，使他想起了陶淵明先生的〈桃花源記〉。只見眼前「豁然開朗，土地平曠，屋舍儼然。有良田、美池、桑、竹之屬，阡陌交通，雞犬相聞……」父親停下了腳步，不知該不該繼續前行，他遲疑之間，看見一個躬著背，步履卻依然穩健的老婦人慌慌張張地從茅草屋中閃了出來，她的頭髮全都花白了，梳成一個圓的髮髻，她望了父親一眼，連忙扯起嗓門，大聲叫道：「老倌子哎！有稀客來了！」

父親說，那是湖南話，是父親在這個世界上最親切的鄉音！

老婦人的叫聲喚出了一個也同樣弓著背，白髮儼然的老頭兒，於是，兩個老人一同站在低矮的茅舍之前，驚恐萬分地注視著父親，父親發現，他們身上的布衣已經很舊很舊了，但洗得乾乾淨淨，一群雞鴨就在父親和老人之間奔來飛去地在地下覓食，一幅常見的農家小景，可是，這是方圓幾百里荒無人煙的深山裡呀！

父親走上前，用湖南話十分溫和地解釋了好久，說他是地質大學的老師，散步至此，若老人不願意，他可以立即離開。老人似懂非懂地直點頭，老太太說，「既是學校的先生，那就是好人呀！進來歇一下吧！」

父親說，他和兩個老人一直談到夕陽時分，喫了一頓飯才回來，飯是紅薯，菜是煮南瓜，一律甜甜的，無鹽也無油。老婦人要殺雞，炒蛋，都被父親堅持攔下，父親說，老人家幾乎一無所有，竹板床上是一床破得不能再破的被子、凳子是木樁，連喫飯的碗也是木製的。父親告辭時，說下週日還來看望他們，老頭子戰戰兢兢地拉著父親的手說，「不要讓人家知道呀！我們兩個人過慣了山中的日子，你來我們是高興的！」

父親說，以後幾乎每個週日他都去探望老人家，他悄悄地去，悄悄地回，從來不對任何人說起這件事。父親帶去了鹽、油、紙，還為兩個老人買了毛衣、單衣、鞋襪，甚至，還抱去了一床毛毯送給老人。父親替他們買了一個汽油燈，可憐的老人是一直點一種松樹枝的，薰得直流眼淚。父親又從醫務室開了一大包藥，因為兩個老人患病時，從來都是採一點草藥煮水喝的，有一次，老頭子的腳扎傷了，鮮血直湧，老婦人沒法子，抓起一把火灶灰就往傷口上撒，結果傷口化膿，流了近半年才收口。

父親自然很想了解他們的身世，可是，兩個老人守口如瓶，不願就此深談。父親和他們一起同做農活，家事。父親說，他從老人身上第一次知道夫妻相依為命，相沫以濡意味著什麼，比如，擔水吧，溪水並不遠，但擔水對老人來講是一件每天要做的重活，他們齊心協力，老頭，老太太一個在前，一個在後，慢慢地把擔子抬上肩頭，老頭說，「往我這邊靠一點，妳就是愛逞強的婆婆子！」老太太又說，「你都往你那頭扯，等下累了又叫腰痛，讓我聽了心煩！」種玉米吧，一個在前頭胼手胝足的挖坑，一個在後面放玉米種。做飯吧，一個切菜，一個在灶下燒火，夜裡相擁著取暖，一床破被爭著往對方身上蓋。

父親在伏牛山住了三個月，將要帶學生返回學校了，父親去看老人去得更勤，因為他知道將來來伏牛山的機會很少，而回去後，既不可能通信，連寄些錢物也不可能，因為老人從不跟外界接觸，他們遺忘了外面的世界，外面的世界也遺忘了他們。

老人也很傷心父親將要離去，老婦人硬要父親把雞蛋背回去給我們補身子。又趕著曬菜乾，一片深情厚意，令父親感動得常常潸然淚下。

終於在父親向他們告別的前夕，他們談出了一對平凡的男人和女人並不平凡的故事。

「我們是逃婚從湖南的常德來到這裡的，一住就是快五十年了。我家在城裡，父親是做布匹生意的，有幾家店鋪，我唸過女學堂，記得家中有夥計，燒飯的老媽子，我娘從不做事，手上戴著綠玉墜子，光打麻將。從小我們家就是很殷富的人家。他家光景就差多了，是從河南逃荒來的外鄉人，在常德城裡沒有根底，雖然他父母苦爬苦做，後來也做了一些小生意，但我們那裡的人，都不喜歡河南人，笑他們是河南侉子。我倆從小認識，大了有感情，常約會，我們雙方父母也都知道的，可我家不同意，要我嫁另一個男人。我不同意，父親就拿水煙袋砸我的頭，現在還有印子哩！我們相約要逃出去，果然就逃了。身上的錢用盡了，兩人又都在外鄉沒有親人，也沒學過什麼養生的本事，一逼，一急，兩人索性進了伏牛山，起初，山上還有幾家人家，我們也出過山到外面買些東西，賣些山貨，後來那幾家人都先後搬下山了，我們沒搬，一來兩人年紀大了，就想將來埋在這好了，我們生過一個男孩，白白胖胖的，一歲多，都能滿地跑了，口裡也會說不少話，可有一天忽然拉肚子，突然就走了。他就葬在這山裡，我們不想走了，三個人相依為命吧！我們很知足，當初就是為了兩人在一起才逃離家鄉的，這個目的我們已經達到了，怕就怕老天不讓我們一塊走，剩下一個就可憐了，不過也想好了，要走一塊走，婆婆老倌也好在地下有個伴……」老婦人一邊說，一邊望著一旁靜靜傾聽的老頭子，老頭子好像有點不好意思，慢慢抬起頭，對父親說：「都是一些陳年老話了，只有她還記得這麼清楚！」

父親離開伏牛山後，從此再沒有機會回到那兒去，一晃當年聽故事的小姑娘也都為人妻，為人母了。想必老人已不在人間，但那一段生生死死的情卻永遠留在竹林、溪水、松濤中了。

有些男人和女人，為了愛，付出了一生的代價，這樣的男人和女人應當是幸福的。

願伏牛山老夫妻永遠相依相愛，無論天上、人間！

風雨同舟

中國人有句很世故的老話，說的是：「夫妻本是同林鳥，大難臨頭各自飛」。我想，如此自私自利，現實得近乎殘酷的夫妻最初結合時，不是基於利，便是起於慾，有真情大愛的男人和女人，愈是世事艱辛，愈是風雨同舟。我父母的一位老朋友，在中國大陸幾十年政治風雨中，無論反右、文革都受到不公正待遇，九死一生，身陷牢獄，而他的妻子，卻始終如一，愛他，敬重他，安慰他，這一段艱難歲月裡的夫妻情份，頗令人感動，唏噓不已。

林汝平是一個泰國歸僑，父親在曼谷經營生意，家境殷實。他高中畢業時，重視中華文化的父親送他回祖國，在廣州著名學府中山大學唸物理，畢業後分配到我父親任教的大學教基礎課，那時，林汝平拉一手好棒的小提琴，穿著五十年代很流行的白府綢襯衫，高高的個子，總是擦得一塵不染的方頭皮鞋，顯得很帥氣。他任教的班上有一個來自山城重慶的姑娘叫湯姍姍，當時，女孩子學地質專業的很稀罕，一個班上女學生才一、二個。姍姍笑起來很甜，長長的髮辮一直拖到腰際，無論什麼樣的衣服只要上了她的身上就好看。不知怎麼搞的，她一個女孩子喜歡拉胡琴，而且拉得水平之高，差一點被歌舞團找去當專職演奏員。林汝平和湯姍姍一同加入了大學樂團，他倆一個西洋樂，一個民族樂，居然同臺演奏了一曲梁山伯和祝英台！林汝平和湯姍姍雖是師生關係，其實年紀倒是差不多的。那時候，林汝平一走進湯姍姍的班級教室心就狂跳，講課時眼睛不是望著教室後面的那堵白牆，就是望著自己放在講臺上的講義，兩隻手也是侷促不安，一會兒拿起粉筆匆匆在黑板上演算，一會兒放在褲袋裡，有一次一位新來的助教去聽他的課，回來後就找系領導要求上課，理由是，林汝平老師那模樣還是講師呢，我總比他不相上下！

林汝平從此也很愛到教室去上輔導課，他總是走到湯姍姍的面前，拉把椅子坐下去，紅著臉問：「嗯，你沒聽懂吧！」湯姍姍剛要答腔，旁邊就有人說話了，是那個來自江西吉安的女生，「林老師，湯姍姍早會，她還教我做習題呢！你怎麼不教我呀！」林汝平不好意思地剛要走到那個女生座位上去，只見湯姍姍急得一甩髮辮，居然一把抓住林汝平的衣袖，連連說：「林老師，你千萬別走，其實，我也不會……」林汝平一回頭，剎那間，從她清麗的臉上讀到了一個十分肯定的信息，這個女孩子正和他一道墜向愛河！

春天來到了美麗的校園，花開了，草綠了，他們相愛了。然而，一個冷酷的現實正擺在他們面前，五十年代的大陸校園，左傾的思想意識禁錮已經很厲害，學生都不允許公開談情說愛，何況師生戀！於是，他們悄悄地，或者說是偷偷地相愛，我那喜愛散步的父親有一天深夜曾在教學大樓的池塘邊看見他倆相擁在一塊，那時，夜已經很深了。林汝平慌亂得像一頭闖進狼群的小羊，近乎求饒地對父親說：「夏先生，我們只是相愛！」父親點點頭，微笑著信步退去，父親回來後悄聲告訴母親說：「師生戀又如何？只要他們真情實意，魯迅和許廣平，也是師生戀嘛！」據說，正因為父親的那一次月夜散步，以後林汝平才和我們家來往密切，成為父母的好朋友。許多年以後，我在一次很意外的場合，碰見了已經白髮蒼顏的林汝平，這位我應該稱為叔叔的長輩很感嘆地說：「小舟，你的父親是一個溫情主義者，他欣賞的人生境界是風平浪靜……」

可是，在大陸，卻有很多人總是唯恐天下不亂，他們尖刻、挑釁、爭鬥，不讓人安安靜靜的活下去。反右運動來到時，林汝平一腔熱情，向學校黨委提出善意建議，可是當時許多憂國憂民的知識份子卻一夜之間成了右派，林汝平自然也不例外，他被開除教職，下放到桂北山區一個鄉下水電站勞動改造，成了一個電工。臨行前，林汝平來我家吃飯，父母不顧遭人白眼，置辦了豐盛的飯菜，母親擔心地問：「湯姍姍不知怎麼樣？幸好你們的事無人知曉呢！」林汝平頭一低，眼淚像散了線的珠子滴落在碗裡，他抬起淚臉，十分痛苦地對我母親說：「夏師母，事到如今，還有誰敢來愛一個右派！往事休提，往事休提呀！」

林汝平獨零零地走了，提著小小幾件行李，一個前途無量的青年知識人就這樣一下毀掉了。從此，校園裡再也沒有他那美妙的小提琴聲在回旋了，他留下了水電站的地址交給父母，希望以後多多聯繫。

兩年後，湯姍姍畢業了，當時學校每年都要留下幾個優秀學生當助教，湯姍姍也是決定留下的學生之一。當助教真好呀！大家都爭著留校，據說還有機會到莫斯科大學冶金系留學呢！（那時大陸留學僅限蘇聯一個國家）可是，湯姍姍卻說什麼也不肯留下來，她說：「分我到桂北山區地質隊吧！」

人們大惑不解，父親卻在心裡讚道：「好一個有情有義的女孩子，她這是找林汝平去呀……」

果然，父親收到了一張從桂北山區寄來的喜帖，兩個真愛的男人和女人，在世人的白眼中，在艱難困苦的逆境中，幸福地融成一體。又過了幾年，他們生下兩個名叫大林和小林的男孩子。姍姍已是地質隊的工程師，林汝平更是遠近鄉親們愛戴的「電工林」，他們來信說，自家餵了雞，種了菜，生活還不錯，就是孩子在山溝裡沒有好學校。母親說，送來我家吧！我家都是女兒，有兩個大小子添熱鬧！可是，說著，說著，文革的災難又來臨了，林汝平被水電站的人打成特務，現行反革命，山溝裡又不講政策，不知怎麼把他抓進監獄，一判就是十五年，十五年呵！一個短暫的人生中能有幾個十五年！

有人勸湯姍姍離婚，更有人逼湯姍姍和林汝平劃清界限，湯姍姍被迫剃了半邊光頭，脖子上掛了一個大黑牌，說她在大學時就和自己的右派老師私通。大林、小林被孩子們追著扔石頭，可憐兩個孩子回家抱著媽媽哭。

不久，湯姍姍又被地質隊開除公職，下放到鄉下，她帶著兩個孩子，失去了工資，就自己種菜、砍柴、餵豬、下水田，一個昔日的大學生成了典型的農婦。冬天，雙手凍得裂開一道道血口，可她就是咬緊牙，說：「我要等林汝平，他是我家孩子的爸！」她帶著兩個孩子，千里迢迢，千辛萬苦地到林汝平監獄所在地去探監，由於生產隊不開證明給她，一路上她無法住旅店，竟然風餐露宿，終於見到了正在服刑的丈夫，親口對他說一聲：「我等著你！」後來，林汝平說，湯姍姍身上的衣服比他還破，臉上的風霜比他還多，可以想見，她在鄉下過的是什麼樣的日子！

文革後，林汝平調到一所職業學校任教，湯姍姍本來可以回地質隊，按她五十年代的學歷，資歷可以評上高級工程師，可她說：「我跟丈夫走！」許多人替她可惜，聽說，她後來一直在一所工廠當小小的出納，無悔無怨。

人生不滿百，卻懷千歲憂，尤其是在中國那片飽含苦難的土地上，有多少人間悲劇，所幸有愛，有男人和女人之間的互助、鼓勵，生死相守，堅貞不二，才有我們民族日漸晴朗的今天和明天。

患愛夫妻，風雨同舟，一生有這樣的經歷，也不枉為人一世了。

一家兩制

張里狄是我在日本唸研究院時的同窗，她是從東京的一橋大學轉學來的，里狄是北京姑娘，熱刺刺的，長得並不怎麼好看。她來時是夏天，日本的南國的陽光十分灼人，女人們臉上一定會抹滿各種防曬膏，還要戴上草帽。可里狄呢？能曬到的部份她都讓它曬到了，穿著短褲，短襯衣，沒有袖子的那種。於是，她閃進研究室的第一天，我就聽見研究室最驕傲的男士——高野隆平助教說了聲：「嘿，溜進來一條黑鯉魚！」從此，里狄便恨得高野要死，因為日本男人心目中的美女一定要白，里狄當然知道這一點。

研究室的女士一律要給男士端茶送水，只有里狄敢造反不送，她要渴了，偏偏又抽不開身時，竟和男士一樣用手敲著桌面，大聲叫道：「茶！茶！」日文發音是恰，恰，於是高野又叫她恰大小姐。

里狄是我所見過的最聰明的女孩，教授給大家上課，說著說著就發起脾氣來，冷不丁揪起一個學生問問題，於是，我們上課時，頭恨不得低到地上去，唯恐老師看到自己，而里狄不是，全研究室只有她和高野敢抬頭和教授目光相遇，因為高野不怕，教授很少問助教問題。里狄也不怕，因為教授問的任何問題她都會答。

高野長得一表人材，父親就在本大學工學部做教授，母親是本市有名的幼稚園園長，據說追高野的女孩子很多，電話打到研究室來，高野就鬼鬼祟祟的低聲和女孩子們聊天，儘管聲音很低，可正在埋頭用功的大家還是會聽到，可誰也不敢說，因為教授很器重他。里狄卻不吃這一套，她會一直衝過去，用手扯高野的衣袖，「喂，助教先生，你有完沒完呀！」高野慌慌張張地扔下電話，趕緊唸書。過了好一會，才踱到里狄身邊，說：「張里狄，都說你膽大，我問你，晚上敢跟我去騎摩托嗎？」其實，我用說字這個字眼不妥當，因為高野是用一張小字條寫下那段話的。誰知張里狄看了字條後，一下子從座椅上彈起來，大聲嚷道：「敢！敢！晚上我跟你去！」大家都從座位上驚詫地抬頭望他倆，高野臉立即像蓋了塊大紅布，里狄卻不動聲色，高野用手推了推金絲眼鏡架，悄聲說：「哎喲！我的恰大小姐，你嗓門怎麼那麼大嘛！這個模樣以後誰敢娶你做太太，嚇也被你嚇死了！」里狄聽了忍不住彎腰大笑，說：「你放心，我才不會嫁你呢！」她的嗓門依然好大，於是，大家又都抬起頭來，望著高野和里狄暗笑，高野連忙朝大家揮揮手，說：「你們別往心上去，高野隆平和張里狄之間什麼事也沒有，真的沒有！」里狄卻又樂開了，手指差一點指到高野的鼻尖上，說：「哈哈！你也真逗樂，咱中國人有句老話，此地無銀三百兩！」

高野擺擺頭，心想，這個丫頭真野，將來還不知哪個倒霉的傢伙找她當太太呢！

那天晚上，高野果然約里狄出去騎摩托，摩托是本田推出的最新款式，叫野馬，好高好大，高野坐在駕駛座上，里狄坐在後座，上了路，高野就像發了瘋似地加大油門，只聽耳邊的風聲一陣緊似一陣，刷刷地。城市變成了一幅模糊的遠景，一眨眼拋到了後面。里狄只好用雙手死死抱住高野的腰，臉也不知不覺地貼到了他冰冷的背上，她只覺得胃裡一個勁的翻騰，她忍不住用手擂打高野的背，大聲叫道，「你停住，快停住！好哎！你想當暴走族呀！小心警察抓走你，你這賊大膽的壞小子……。」高野一弓腰，更加風馳電掣地向前衝去，里狄無力地靠在他的寬大後背上，淚水順著她的臉頰悄然淌下，她的手不知是有意還是無意，更加抱緊了高野。

回到高野公寓的樓下，她已經癱成了一團泥似的，高野扶她下來，她定定神，突然伸出手來，在黑暗中對準高野的方臉打了過去……

高野二話不說，拉著她便朝自己的房間走去，夜太深了，里狄望著公寓一個個黑暗中的窗口不敢吭聲，她聽見高野在用一隻手按房間上的暗碼，然後伏在她耳邊說，「恰小姐，我的房間號碼是八八六，妳們中國人喜歡的數字，好記吧！」里狄低聲說：「我不要知道！」進了房，打開電燈，倆人都像從夢中醒過來一樣，里狄第一次感到不好意思，她不禁偷偷用眼角瞅高野臉上的那道手指印，心裡覺得有些內疚，她柔聲地問：「對不起了，助教，還疼嗎？」高野一聲不吭，說：「我饒不了妳！」

里狄第一次自覺自願地為高野煮了一杯茶，她說：「你原來是自己出來租公寓的呀！」高野說：「我很怕我媽嘮叨，我覺得搬出來自在多了。讓我媽只管嘮叨我父親就好了，為什麼天下的女人都愛嘮叨呢！我喜歡有些男孩性格的女孩，乾乾脆脆的，許多日本女孩太柔了，沒有個性，但說實話，妳又太硬了一點，妳要能剛柔相濟就很理想。」

里狄心裡跳了一下，她把臉別過去，望著窗外那一輪異國的冷月，說，「我不想為誰改變自己。我媽說北京的姑娘都很硬氣，打清朝那會就這樣，個個都是惹不起的姑奶奶脾氣！」

高野笑了，說：「可妳今天有一陣挺不硬氣的，我是說當妳伏在我身後時，我能聽見妳的心怦怦地跳呢！」那一天晚上，他們聊了很多，來日本三、四年了，里狄還是第一次跟一個男人這樣推心置腹的深談。她跟他講了自己小時候爬上四合院的牆頭偷吃鄰家的酸棗，在一橋大學時是女子籃球隊的主攻，把東京的早稻田女籃打得落花流水，也講自己在餐館打工時一口氣洗了四百個盤子，洗得指甲差一點鬆動，她生動地笑著，一口略帶北京捲舌音的日語說得十分清脆好聽，高野望著她，不知不覺地和她一塊笑，一塊惱，兩顆彼此原來十分遙遠的心一點一點地貼近了……

高野和里狄好上了的消息，一下傳得人人皆知，中國留學生會會長老汪像被黃蜂咬了一口似地跳將起來，他說，好些中國女孩子也學得日本女人樣，低眉順眼地嫁了個日本鬼子倒也罷了，怎麼連里狄這樣的烈性姑娘也往日本男人懷裡靠，真讓人費解，傷心！里狄自然也聽到風聲了，可她毫無辦法，愛上了就愛上了，她的曾祖父也被日本人的刺刀傷過，可她愛高野，在她心目中，高野好像沒有國籍，他是屬於里狄的。高野的母親也不贊同兒子跟中國女孩好，不過，高野的父親很開通，他說：「里狄很聰明，家世也很清白，有什麼不好的。」於是，兩個年輕人就在研究室諸君的眼皮底下閃電般結了婚。

兩個不同種族、國籍、家庭背景、歷史淵源的男人和女人卻成了最親近的夫妻！當他倆從各自的公寓搬到父母買下的新房時，突然感到太陌生！就說喝茶這一件小事，高野是不許茶葉浮在茶杯裡的，而里狄卻是老北京的習慣，喝茶連茶末子一塊喝才有滋味。高野早起早睡，里狄是夜貓子，晚上不肯睡，白天打她她也要賴床的。喫飯更糟糕了，原來說好男女平等，這是里狄最強調的事，一定要高野寫下字據，男女平等！一人煮一天飯！可是現在男女倒是平等了，可高野煮飯那天，里狄一定要絕食，而里狄煮飯那天，高野就會突然嚷著說肚子疼，只吃幾塊餅乾就好。高野愛聽日本音樂，里狄要聽天津大鼓、北京京劇，兩人都要求對方陪自己聽。兩人在一塊住了幾天，就累得不得了。里狄怪自己太正統，早知道事先同居一下也許就知道高野原來這麼討厭，為什麼處處和自己過不去。

里狄傷心傷意來找我，她一直是我的好朋友，因為我們都從北京來，對故鄉的思念使我倆走得很近。里狄說：「對不起，小舟，我想我和隆平本是兩個星球上的人，差異太大，我如果要快樂一點，也許只有離開他……」我說：「這可不行！哦，對了，鄧小平不是說九七年以後，對香港要一國兩制！古人說，治家如治國，一樣道理，你何不來一個一家兩制？你和他各搞一套，看行不行得通？」里狄是個最聰明的女人，立即心領神會，回家去搞一家兩制了。

過了幾天，里狄說初有成效，帶我去她家參觀，只見倆人同住一房，高野睡地上的榻榻米，里狄睡席夢思床，茶壺兩把，一把是日本式的，把茶葉先過濾，一把是中國式的。倆人各喫各的，有時，在研究室弄晚了，一同去喫館子，里狄走進中華料理店大嚼鍋貼水餃，高野去日本店喫血淋淋的生魚片，然後倆人嘴一抹，各自到原來約好的地點集合回家，一路上，倆人心平氣和地問對方的菜飯好不好喫，自然是好喫的，於是，恩恩愛愛的回家了。聽音樂各自戴上耳機，對方不在時可以不戴，自然也解決了一方高興，一方痛苦的問題，結果，倆人都很高興。倆人又約定，小孩子出生後日中兩途都可以讓他選擇，想中國跟老媽，想日本一下跟老爸，都無所謂。

真的，一國兩制我不知道，一家兩制看來還是行得通的。

據說，高野和里狄如今已度過了三載春秋，依然夫妻恩愛，常希望我把他倆的故事寫給讀者看，說明一家兩制，也是夫妻間合諧的一種好政策，我相信，因為我目睹了他倆的故事。

只當看不見

我的母親性子很急，我的父親性子卻很慢。他倆一同上街，出門時步調還很一致，不出五分鐘母親就竄出老遠。小時候很怕聽母親說打字，因為她老人家說打就打，毫不遲疑。父親就不同了，他氣極了也會說：「我要打你啦！」可我們小孩子一點兒也不往心裡去，照常歡蹦活跳的，因為父親打人，先是慢騰騰地宣佈行刑方案，比如說是打屁股，還是打手心，是打兩下就好了，還是要打二十下，然後東走西轉地找行刑的刑具，木板子啦！小樹枝啦！找來刑具，先揮舞演習一番，再叫我們立正等候，他要上廁所或是先去喝口茶，他這一去就足足會磨蹭好半天，等他回來準備行刑了，歪著頭想來想去想不出他為什麼要打小孩子，起因是什麼?犯的是什麼錯?想不出他就不會下手打，因為父親很民主，總是強調師出有名，打小孩子要證據確實，讓小孩子心服口服，隔了這麼長時間他早把打小孩子最初的動機忘個一乾二淨，相反，見小孩子可憐巴巴在牆角立正等候受刑的樣子很不忍心，於是，揮揮手，充滿歉意地放小孩子飛奔而去。

我的父親就是這樣一個性子很慢的好好先生。母親和他的所有爭辯、矛盾似乎都是因為他的慢性子而引起的。所以，母親千叮嚀、萬叮囑告誡女兒說，妳們都給我記牢了，找丈夫要找性子和你們一樣雷厲風行，只爭朝夕的！

我家小妹，很小年紀就離開父母，到日本去了，母親天性的遺傳和日本民族那種急匆匆的國民性，使小妹連走路也是帶著小跑，她跟隨一個嚴厲的教授唸完博士後，在一所大學教書，在那裡認識了本校工學院的教師，兩人很快就結婚了，為什麼這麼快！大概也是小妹性子從來很急的原故吧！

母親問小妹，夫婿是個什麼樣的人！小妹先講了一大堆好的地方，然後吞吞吐吐地說，

「嗯，大家有一段順口溜是講他的，我覺得很像他……」

母親一聽很感興趣，催著小妹快點說，小妹就說了。

「身上挎包重重的，（母親心想，挺好，如果是書，說明有學問。如果是便當，說明很勤儉，不在外面喫飯館，自己帶飯好，如果是錢，那當然再好不過了。）頭髮梳得亂亂的，（不太好，但男士不修邊幅也罷了。）走起路來拖拖的，（哎，不好！）說起話來慢慢的。（不好，一定是個慢性子！）」

母親有些生氣，罵小妹說：「妳怎麼這麼笨！找一個和你爸一樣的人，告訴妳，妳快他慢，一天不吵十次架才怪呢？」

今年七月，小妹趁大學休假，帶著丈夫和兩歲的女兒來美國看望我們，於是，在我的所有見過他們一家的朋友中，流傳著好多好多笑話。我的一位女友說，小舟，你在報紙上寫了許多夫妻的故事，為什麼不寫你家小妹和妹夫？那是多麼有意思的一對夫妻呀！

先說做飯，小妹煎燒煮烤、中華料理、日本料理一下做出十多樣，她一邊在廚房忙著，一邊叫著丈夫，說：「你還是按老規矩，做生菜沙拉吧！」妹夫從小妹邁入廚房的那一刻就跟著進來了，紮起袖子要大幹一場的樣子，他先開冰箱門，以電影慢鏡頭的速度取出幾個番茄，一顆青菜，然後打開水管，一寸一寸地洗，洗得番茄要脫皮，青菜葉子浮了一池子，然後是切番茄，他把番茄放在菜板上，左放右放都覺得角度不對，剛要下刀切，又搖搖頭，再換一個方向，足足折騰了十多分鐘，這才把番茄切得一模一樣大小，方方正正，然後他開始用手撕青菜，當然也是先講角度，再把青菜拿起來，按照紋理，一絲一絲地用手撕成一樣長短，然後是裝盤子，那是一個費時頗多的巨大工程，擺好又拿下，拿下再擺好。等小妹一切菜都上了桌，連碗筷都放好了，他才獻寶似地捧出那盤青菜沙拉，調料還是小妹淋上去的。

我在一旁看得目瞪口呆，就問小妹說，妹夫大概很少下廚房吧？小妹說，哪裡！哪裡！男女平等，我們從來都是一起做飯的。他會做幾樣拿手好菜，但很費時間，沙拉比較快，所以今天叫他做沙拉。喲！我的老天，這還是他的快菜呢！小妹一家在我這時，每次要出去遊玩的那一天，妹夫就早早緊張起來，先一天他就會提出一個人到沙發上去睡，把鬧鐘也帶著，大家如果七時起床，他就要把鬧鐘撥到五時半，因為他永遠跟不上大家的節奏，只好提前先起來，而且出門時，他還需要大家耐心等他一下。爬山時，大家到了山頂，還見他在山腳下慢騰騰地東張西望。小妹說，這算快的，因為怕姐姐、姐夫生氣，如果在家，他這時恐怕還在汽車裡找東找西永遠出不來！

他給兩歲的女兒穿鞋，因為動作太慢，小孩先是站著穿，後來站累了就坐著穿，再後來坐得屁股疼，索性躺著等她爸爸穿，笑得我在一邊肚子都笑得抽筋！家聲說，妹夫動作這麼慢，平日上班怎麼得了？小妹說早去晚歸唄！他從來是頂著星星出去，頂著星星回家，全大學上至校長下至學生誰都知道有這麼一位慢先生，但他學問好，人緣好，所以倒年年有聘書給他。

我看著他在我面前慢慢吞吞的晃就心裡急成一團，一天禁不住問小妹，找個如此慢的先生心裡想不想罵他，不料，小妹頭一擺，說，不急，不急，我只當看不見……

夫妻之間，的確有很多時候，裝作沒看見是一個維持和平的好政策。我母親和父親一天到晚小矛盾不斷，皆是因為母親太明察秋毫了，如果母親像小妹一樣，只當看不見，天下也許就太平無事了。

濤聲依舊

安妮從來沒有想到，她會從新加坡跑到美國來，不是留學，不是觀光，而是嫁人，嫁一個在新加坡的觀光勝地聖陶沙和她邂逅相逢僅僅一個上午的男人。

安妮是個很可愛的南國女孩，新加坡就在赤道旁，一年四季都是夏天，安妮的服飾簡單得只需一件T恤，一條牛仔布的短褲，她也不化妝，因為一走路汗水就一層層沁了出來，把化過妝的臉衝得慘不忍睹。安妮從小上的是英校，華文學是學了，但學了又早就交還給了老師。她是土生土長的新加坡人，從來沒有去過大陸，也沒有到過臺灣。安妮家附近有一座廟，在新加坡的華人中，名氣也算大的了，廟的名字很奇怪，叫大伯公，不知是何方神聖，但據說很靈，安妮去廟裡燒香時，跟大伯公說英文，不知他老人家聽不聽得懂？說起這座廟，我是知道的，因為我的家人，很多定居在新加坡，在日本時，有時寒暑假，我會去新加坡探望母親，也曾和母親、妹妹們一同拜過大伯公。安妮是個青春少女，最關心的問題是婚姻，每次去求簽，都是問的姻緣，求來的籤，她都珍藏著，但並沒有真正讀懂它的意思。只知道自己命中好像要遠嫁，要離開爹娘遠遠的。

安妮是一家日資企業的秘書，日本人在新加坡的經濟實力一年比一年增長，說起來，新加坡人是很恨日本人的。二次世界大戰時，日本人一舉侵入，把新加坡和馬來西亞的華人殺得令人寒心，因為華人反抗最厲害，所以日本人對華人是企圖斬盡殺絕的。愛國華僑陳嘉庚先生號召華人子弟回祖國協同抗日，那些從來沒有踏上過中國大陸的華人子弟立即響應，遠離父母、妻兒，拋下在海外的家業，踏上征途，有的就滯留大陸，沒有歸來，有的血灑故國，做了個「青山處處埋忠骨，何需馬革裹屍還」的忠魂烈士。所以，安妮雖說在日資企業做事薪水不錯，但總覺得和日本人打交道挺別扭，她並不喜歡她的工作。

安妮有過一個男朋友，是一家照相館的攝影師，小夥子長得很帥，但好像兩人相處很平淡。新加坡有一個家喻戶曉的電視劇叫「五C老公」，五C是指五個以C開頭的英文單詞，無非是財產啦！車子啦！信用卡啦這些身外之物，安妮並不覺得一定要找這樣的老公才幸福。安妮從小喜歡看童話，大了仍很單純，總覺得找丈夫一定要很浪漫才夠酷，比如說一見鍾情，比如說雙雙殉情，比如說山盟海誓，安妮要找的男人，一定要非常非常愛她，愛得死去活來，就像流行歌曲中唱道的那樣，愛到海枯石爛，愛到永永遠遠……

攝影師是個實實在在過日子的人，他整天想著以後積夠了錢，自己也開一家婚紗照像館，然後早早結婚，好去排隊等政府的組屋住。他邀安妮出去吃飯，從不去那種情調高雅的地方，他說，那種地方最會騙錢了，但他體貼安妮，每天安妮下班，他都開車接安妮回家，安妮若是病了，他就急得像熱鍋上的螞蟻，張羅著要安妮上醫院、喫藥，安妮提一點重東西他都趕快接過去。安妮的父母很中意他，催著安妮嫁，安妮頭一擺，說：「再等一兩年吧！」

攝影師答應等著安妮，日子就一天天慢慢過去了。有一個夏日的清晨，安妮休假，她沒有告訴攝影師她休假，一個人來到聖陶沙遊玩。曬得黑黑的安妮想和島上那燃著一般熱烈的龍香蘭照個合影，便取下相機，想求人幫個忙。旁邊有一個高高個頭的西方男子跑了過來，說：「小姐，你願意讓我幫助你嗎？」安妮謝了一聲，把相機遞了過去，相照完了，男子還不想離去，他說他從美國來新加坡渡假，在聖陶沙拿著一張導遊圖總是迷路，安妮笑了，說：「人家都說我們新加坡小，可光一個聖陶沙就夠你玩的，又是小火車，又是巴士，還有空中纜車呢！新來乍到的人沒有不迷路的！你要願意，就隨我一塊走走吧，我可是從懂事開始就在島上玩的！」男子笑笑，說：「那就有勞大駕了。」

新加坡的女孩子，大方、直率，也有些稚氣，安妮帶著這位叫托尼的男人在島上轉起來，他倆談得十分投機，安妮心中暗想，自己和攝影師相處這麼久了，還不曾說過這麼多話呢。

他倆走下海灘，風起來了，吹得島上的椰子樹都彎了腰，男人的手彷彿是情不自禁地搭在了安妮渾圓的肩膀上，安妮一抬頭，便看見了他那一雙深藍色的眼睛中忽閃著的愛的信息，安妮低下頭，用腳尖輕輕地踢著沙灘上金色的沙子，然後不好意思地又低下了頭，她和攝影師也常來這片海灘，記得他關切的是風大了，要給她披上一件厚衣衫，或是太陽光太曬，忙著為她撐開陽傘，攝影師是不是也這麼深情地注視過她呢？安妮記不起來了。

男子給安妮講他的遊歷，在泰國騎象啦！在巴黎的街頭喝啤酒啦！在撒哈拉沙漠看日出日落啦！在英國鄉下牧場騎馬啦！真是有趣！安妮生在小小的新加坡，出國旅行雖是常有的事，男子說過的地方有些她也去過，但人家多會感受呀！安妮敬服地默默聽著，覺得他很有學識，也很會冒險。

他倆在島上開始還按常規路線遊玩，後來安妮就聽從托尼的建議，隱入茂密的叢林小徑中獨行，在少人踏過的地方看海、看山、看雲……

男子是在新加坡過境，下午二時便要返回美國，安妮一直把他送到機場，在等候的短暫時間裡，男子突然把她擁入懷中，吻了她。安妮感動得湧出了熱淚，竟也回了他又一個吻。

回到家中，安妮若有所失，她覺得有些對不起攝影師，便給攝影師打了個電話，約他晚上一同去看電影。他來了，給安妮帶了她最愛喫的榴槤糕，安妮在電影院中毫無心緒，攝影師卻被影片中打鬧情節吸引，片子是他選的，像所有小市民一樣，他喜歡的影星是那些舞槍弄棍的男人和坦胸露膊的女人，安妮在黑暗中對自己說，攝影師很庸俗。

十天後，安妮便接到了男子從美國寄來的信，洋洋灑灑好幾大張。他說他想念她，想得近乎痛苦，他說她是一個很可愛的女孩，他從未見過這麼可愛的女孩，他這些年來苦苦尋求地在世界上浪跡，為的就是能碰見一個像安妮這樣的女孩。

安妮把信讀了又讀，覺得生活中充滿陽光。

安妮覺得自己不可解脫，她肯定自己愛上了那個男人。她變得魂不守舍，常常對鏡子一個人又哭又笑，這就是戀愛吧？每天下班第一件事，是到信箱中翻信，然後躲到床上，一遍遍地讀，讀到可以背出來。然後跳下床，伏在桌子上寫呀寫呀，彷彿有說不完的話，訴不夠的心事，他們什麼都談，像一對相識已久的戀人，安妮寫完信，草草梳洗完畢，喫一點東西又鑽上床把他的信拿起來再看一次才睡。他的每一句話都時時浮現在安妮的腦海中，安妮覺得他離自己很近，彷彿就在周旁。她的心心念念都在遠方的人兒那裡，對攝影師，她一天比一天冷淡。終於安妮忍不住，和攝影師攤牌了，告訴了他自己心已另有所屬，安妮哭了，知道自己很壞，因為攝影師那麼愛她。

果然，攝影師傷心極了，他說，「安妮，你們相逢才一個上午，妳就肯定妳了解了他，愛上了他，萬一將來他不像妳想像的那麼好，又怎麼得了呢！」安妮從他的話中感受到他對自己的關心，安妮有些感動，可是她不想回頭，她決心到美國去，嫁給那個震撼了自己少女之心的男人。至於攝影師，她覺得自己對不起他，但她和他，沒有那種雷電般強烈的愛，太平淡了，平淡得感受不到愛。

安妮來到了美國，嫁給了那個叫托尼的男人。婚後，她發現丈夫是個沒有責任心的男人，他無所事事，眼高手低，沒有一技之長，是個花言巧語的人，又很自私，個人主義，除了關心自己，對其它人都談不上真正有感情。

安妮很失望，像從空中摔到地面上，雖然疼得死去活來，但畢竟夢醒了。她和他之間都看清了對方，托尼知道安妮是個太痴情的姑娘，一點也不現實，獨立性不強，需要男人照顧。而安妮更知道托尼並不適應自己。

安妮兩年後離了婚，帶著一個九個月的女兒回到了新加坡。她傷心傷意，不願見人，她成了一個沈默的小母親，生活在不斷的自責中。

安妮的女友常來看她，告訴她攝影師依然獨身，甚至連女朋友也沒有找，他兢兢業業，又開了一家婚紗照像館，買了住宅，他似乎沒有忘記安妮，因為女友說，攝影師在櫥窗裡一直擺著少女時代的安妮的大相片……。

安妮的心深深刺痛了，她早已忘卻了他！是她拋棄了他！現在，自己帶著一顆受傷的心回來了，真是愧對故人。安妮想起了一首歌，彷彿唱出了她的心聲。她找出一張潔白的紙，寫下了歌詞，寄給昔日的情人。歌詞是這樣的傷感：「濤聲依舊，不見當初的夜晚，今天的我，怎能忘記昨天的故事，這一張舊船票，能否登上你的客船？」信寄出去，她又後悔了，覺得他不會再理她——這個曾經傷害過他的女人。

那是一個炎熱的傍晚，蓬大的雨樹卻製造出幾許清涼。安妮抱著女兒，在雨樹下張望，她是等待攝影師，他約她在此見面。

他來了，第一句竟是：「這麼熱，趕快到有冷氣的地方涼快一下吧！」他接過她的女兒說：「快給我，孩子太重，妳會很累。」安妮眼睛一熱，伏在他肩上哭了。女人，往往比男人愛幻想，愛甜言蜜語，愛浪漫，所以女人因之受的苦要比男人多得多。記住，女人，當妳決定嫁一個男人，不是聽其言，而是觀其行，找一個有責任心的踏實男人，是妳幸福的保證。

而男人呢？原諒那些曾經忽略過你的女人吧！因為你是一個男人，男人的心總要寬廣一些，對嗎？

心意傍徨

梅平二十九歲時才終於和四十歲的郭子遊在愛達荷（Idaho）州最南端的一座小城舉行了婚禮。那是一座小小的城，城裡的人都在幾家大公司工作，博士、碩士滿天飛，可出了城，便是「西出陽關無故人」的沙漠般荒蕪景象了。看不見一棵樹，只有一種低低的灰綠色灌木，春天開出淡黃色的小花，梅平採下一朵，放在鼻前嗅嗅，覺得很像故鄉的艾草，苦澀中有一縷清香。她喜歡極了，忙又多採些，分出一束遞給跟她一同在荒漠上散步的男子，幾乎每天傍晚，他倆都一塊走走，直到夕陽西沉，才回到城中，在一家加油站前分手，各自向自己的公寓驅車而去。

男子名叫歐陽甫，跟梅平同年同月生，他的頭髮總有一些不安份似地堆在寬大的前額，眼睛裡有幾許沈靜的思索，他不愛說話，棱角分明的嘴角緊緊捂著；腳步卻快捷有力，以至梅平跟他散步時，總要連蹦帶跳地才能跟上他。這時的梅平，略顯蒼白的臉上泛起一陣紅潮，歐陽甫便歉意地停下腳步，遇有坎坷時，歐陽甫會伸出手拉著梅平，甚至扶住她的腰，但只要梅平一站穩，他便抽回了他的手。

梅平是個生動的女人，身上的每一個細節都像在說話，她的美，不是那種靜態的、凝固的美，比如說，高鼻子、小嘴、大眼睛啦！不是，完全不是。她是海的風景，每一陣風吹過都會有變化，有起伏的女人。所以，你永遠讀不透她，看不厭她。梅平的婚禮是在教堂舉行的，除了牧師、新郎、新娘，就是歐陽甫了。他站在那裡，面容溫和而肅然，雙手輕輕地搭在一塊，再細看，修長的手指有些微微的顫抖。當新郎、新娘走下來時，他擁抱了梅平，梅平顯然很激動，但歐陽甫迅速輕輕推開了她。當歐陽甫握住郭子遊的手時，兩個男人都有些默然，郭子遊說了聲，「學弟，謝謝你對我們的關照」。歐陽甫聲音有些異樣似地，說：「學長，好好待梅平，讓梅先生、梅師母放心！」話音未落，梅平早已在一旁哭得淚人似的，弄得牧師一頭霧水！

婚後的蜜月，梅平和郭子遊都是在愛達荷渡過的，而且，他們每次週日出去遊玩或上館子喫飯，都會約上歐陽甫，但三人在一塊時，沈默的時日很多。婚後的梅平把一頭柔髮捲在腦後，更顯出頎長的美頸，她的身上新增加了兩樣飾物，一條珍珠項鏈是歐陽甫送的新婚禮物，一個手上的鑽石戒指是新婚的夫婿郭子遊精心挑選的。休假在家的梅平每天傍晚都會給剛下班的歐陽甫打電話，要他來家裡喫晚飯，兩個男人有時喝幾口啤酒，有時是小杯威士忌。梅平則繫上新買的圍裙，在廚房不停地為他倆奔忙。

梅平已遞上了辭呈，蜜月後她將隨郭子遊到加州工作，子遊在那邊早已工作了三年多了。梅平一有空閒，便和子遊一塊清行李，他們留下了好多東西送給歐陽甫，歐陽甫不肯收下，郭子遊便輕聲說：「不要推辭，這些東西也不值什麼錢，只是想留給你，睹物思人，看見它，就像看見我們一樣。」歐陽甫不吭聲了，他知道，東西是獨身生活的梅平用過的，郭子遊要留給他，也是他一片苦心呀！

梅平和郭子遊離別的前夜，他們三人一同去荒原散步，梅平落後在後面，她驚叫著，說是發現了一塊美麗的化石。郭子遊在黃昏中一言不發，許久，才說出一句，「歐陽，許志瑛還與你有聯繫嗎？有人說在俄亥俄州見過她。我把梅平帶走了，你會很寂寞，還是早一點成家吧？其實，許志瑛人很不錯，要不是因為梅平，你和她……」郭子遊停住了，沒有再往下說，因為梅平正舉著一塊化石，朝他們走過來了。

梅平的父親是Ｓ大學生物工程教授，只有梅平這一個獨生女兒，從小視成掌上明珠。梅平大學畢業，想繼續深造父親的專業，便取得大學同意，報考了父親本人的研究生。有人有些議論，可梅教授不以為然，他說：「古人尚且知道舉賢不避親，我家小女肯努力，又特別想繼續父業，有什麼可議論的！我不出考題，由學校組成考試委員會，大家公平競爭！」據說，那一年的考題特別難，結果錄取了三名，兩男一女，女的就是梅教授的千金梅平，男的一位是郭子遊，一位是歐陽甫。

郭子遊年齡比梅平和歐陽甫大了十多歲，他在社會上已工作好幾年了，顯得十分沉穩。他考慮問題很細致、全面，漸漸地，梅教授喜歡上這位高足，不僅學業上的事找他相商，就連家中一些大事小事梅教授夫婦也很信任他。有一次，梅教授心臟病發作入院，因為是男病房，女人進進出出不方便，於是郭子遊就日夜守在老師床邊，旁人不知情者還以為他是梅家的至親呢！郭子遊對梅平也像大哥哥對小妹妹，無比關切。

郭子遊有過一次傷心的婚姻史，他原來和一個高中時代的女同學相愛，已經論及婚嫁了，女孩突然發現得了乳腺癌，做了大面積切除手術，她擔心郭子遊會變心，心情痛苦到了極點，郭子遊卻提前婚期與她成婚，不料婚後不到半年，她的病情就惡化了，癌腫轉移到肝臟，人瘦得像一片薄紙似的，不久就撒手人間。梅師母總誇郭子遊心腸好，不知日後哪個好女人能享他的福，這樣的話梅師母常常當著梅平說，郭子遊笑笑，不答一語。

歐陽甫是個女人見了都有些喜歡的男人，雖然長得略嫌秀氣了點，氣質上倒是男子漢大丈夫十足。他比郭子遊學得更快，更好，十分聰明，所以，梅教授也很器重他。因為他與梅平同年，梅師母把他當兒子一樣看待，衣服破了，梅師母會一針一線幫他縫好。在梅家坐晚了，梅師母便會親自下廚為歐陽甫燒幾個他愛喫的菜。因歐陽甫是南京人，梅家是無錫人，口味多少有些相近。梅平和歐陽甫的關係有點像林黛玉和賈寶玉，一下好了，一下又惱了。郭子遊便熱心地為倆人說合，梅平有時故意不理睬歐陽甫，只和郭子遊在一塊，歐陽甫會十分傷心，有一次急了居然在梅教授面前告了梅平一狀，因為做實驗，倆人要合心協力，可梅平處處和他過不去，有時還惡作劇地把他的實驗破壞一下，氣得歐陽甫要揍她。有人問歐陽甫跟梅教授當學生怎麼樣？歐陽甫想了想回答說：「梅教授德高望重，學問又好，跟他當學生自然是再好不過了，只是他那寶貝女兒梅大小姐性格古怪又刁鑽，弄得我頭疼！不知為什麼她對學長子遊挺有禮，偏偏和我過不去！」眾人聽了都不相信，說：「怎麼會呢？梅平真是又漂亮，又聰明，人見人愛呢！」歐陽甫肩一聳，冷冷地說：「反正我不愛她！」

歐陽甫的話一下就傳到了梅平耳朵裡，梅平氣得一見歐陽甫上門來就告訴家中保姆不得給他開門，梅教授氣了，罵梅平說，「我是給國家培養人才，又不是給你找冤家，你這個樣子還不讓人說我的不是呀！連女兒都管不好，遑論其它。」

郭子遊本性忠厚，但他心如明鏡，有一次，歐陽甫又跟他抱怨梅平時，他大哥哥般地拉了歐陽甫到學校附近一家小飯館，叫了幾個菜，一瓶冰啤酒，倆人放懷喫喝起來，歐陽甫不禁又想起今天下午和梅平一同做實驗時的情景，氣呼呼地說：「學長，你給評評理，這丫頭越來越脾氣壞……。」郭子遊沈默了一下，臉上的笑容凝固了，他拍拍歐陽甫的手背說：「小老弟，你說梅平心裡是對我好還是對你好！」歐陽甫一蹦一個高，說：「那還用問？一見你，笑得眼睛彎彎的，一見我，瞪個大圓眼睛，好像我是個賊似的！」

郭子遊一揚頭，把半瓶啤酒都灌進自己口中，說：「傻小子，她這是在演戲，演給你看，演給大家看，其實，她愛你，愛得還挺深，我算個什麼？大學長而已，她父親的一個學生而已！」

歐陽甫聽了郭子遊的一番話，心裡怦怦地亂跳起來，他故意強吞下一口酒，說：「怎麼可能！女人愛一個男人，就會乖得像小綿羊似的！又不是沒有女人愛過我，那眼神一眼就可以看到心底去！」郭子遊笑笑說：「傻老弟，我是過來人，不會弄錯，你好好珍惜這份情吧！先生、師母那裡料想也不會有問題……」不料，歐陽甫嘆了一口氣說：「弱水三千，我只能取一瓢飲耳！學長，你知道物理系的許志瑛嗎？就是那個春節晚會上演奏琵琶『十面埋伏』古曲的那個女孩子，我和她是無錫同鄉，她對我有些意思，那個女孩夠溫柔，一見我就站下來和我說呀說個沒完。就是半個月前吧，我們一同去了一趟香山看紅葉，彼此表明了心跡……」歐陽甫又嘆了一口氣說：「如果梅平早一點讓我知曉她的心，也許又是另一個版本的故事了！」郭子遊聽罷歐陽甫的話，眼睛裡有一絲不易察覺的釋然，他立即站起來去付帳單。回家的路上，兩個人在大學區白楊道上慢慢地走著，歐陽甫突然想起了什麼似的，一把拉住郭子遊的袖子急匆匆地說：「學長，其實梅平也很喜歡你的，老實告訴我，你是不是也喜歡她？」兩人都停下了腳步，白楊樹的倒影映在寬寬的馬路上，也把兩人的身影映得細細長長，郭子遊沈默了好一會才說：「當然喜歡，不過我比她大不少，又是結過婚的人，梅平應該找一個對她更合適的人，所以，我是一直把她當妹妹般待的！」

第二天一大早，兩人趕到梅家上課，梅師母把客廳佈置得典雅大方，站在門口，微笑地迎接丈夫的兩個得意門生。梅平穿了一件鵝黃色的羊毛外套，裡面是淺白色的麻紗鏤空長衫，靜靜地早已坐在沙發上，手上是一個黑皮筆記本，她說：「學長，坐在我這來！」郭子遊遲疑了一下，在她身邊坐下了，兩人靠得太近，郭子遊覺得頭有些暈似的，他連忙坐直身子，努力和梅平保持一段距離。

歐陽甫訕訕地自己找了靠牆角的一張椅子坐下來，昨晚他一夜沒有睡好，今早還有些頭沉沉的，他想起郭子遊的那些話，不禁偷偷地打量梅平，不料梅平也正在偷偷看他，兩人目光驟遇，都有些不好意思，歐陽甫紅了臉，梅平則故意托起下巴，望著窗外母親手植的幾株芍藥，這一幕，郭子遊自然又看在眼裡了。

下課後，梅母要留學生喫飯，說是有親戚從南京來，帶了一隻五、六斤重的板鴨來，已經上蒸鍋蒸好了。歐陽甫和郭子遊便留了下來，梅先生喝了幾口紹興酒，臉紅了，話也多了。他說：「你們該找女朋友了，我像歐陽這麼大時，早和你們師母好上了！」歐陽甫笑笑，郭子遊也笑笑，兩人都不答話，梅先生忽然傾著頭，微笑著看看歐陽甫說：「歐陽我不操心了，那天和你手拉手在紫藤園談心的女孩子面好熟呀！是不是劉觀然先生的得意高足呀，學高能物理的，叫個許什麼……，我這記性，劉先生很器重她，說是快去美國留學了？」歐陽甫嚇得差一點被飯噎住了，他忙點頭，說：「是的，先生，她叫許志瑛，是我的無錫同鄉。」

廚房裡突然傳出一聲碗掉在地上的聲音，只聽梅平一聲尖叫，帶著哭腔說：「媽媽，我把湯碗摔地上了！」

大家慌忙離座奔去廚房，只見湯流了一地，梅平先是愣在那兒，然後撲向母親，哭著說：「媽媽，不是我的錯，不是我的錯！」

郭子遊和歐陽甫不約而同地交換了一下眼光，只見梅平衝進自己的房門，把門反鎖上，怎麼也不肯開門。

梅父、梅母一臉茫然，不知所措，梅母說：「這丫頭近來怪怪的，女大心大！」

郭子遊和歐陽甫走出梅家時，郭子遊很沈重的對歐陽甫說：「你傷了她的心了。」歐陽甫無言可對，他發現郭子遊很心痛的樣子，心想，我又有什麼法子呢！

大概過了兩個星期的樣子，有一天，梅平約郭子遊到什剎海公園去，說是有話要跟他說。郭子遊如時赴約，看見梅平穿了一件蘋果綠的上裝，下身是淺灰色的西式長褲，梅平瘦了許多，郭子遊不禁又有些心痛。

「學長，我以前喜歡歐陽，但他忽略了我的心……」

梅平邊說邊哭，忽然她伏在郭子遊身上，把頭埋在他的胸前，「只有你對我好，你未曾傷過我的心，你總是看顧我，不欺負我……。」郭子遊渾身抖了一下，只聽梅平又喃喃說了下去，「跟著你，我就心安，你也愛我嗎？像我現在一樣愛著你？」郭子遊沒有答話，只是把梅平緊緊地擁在身邊，他掏出手帕，幫她把眼淚擦乾，梅平卻吻了他，終於說出一個梅家的秘密，「父親希望我和你好，母親更是偏愛你，可我自己卻中意歐陽，為了促成我倆好，父親一直在想法把歐陽送去美國留學……。」郭子遊聽了一陣心安，感動，原來恩師這般器重他，竟把獨生女兒的終身托附於他，他輕輕地拂起梅平的柔髮，埋在她潔白的頸項上，說，「我會一生看顧你的！」

不久，梅家便在親朋好友中公開了女兒和郭子遊的戀情。而歐陽甫卻因此受了一些刺激，因為他從梅平那天的摔破碗的悲情中看到了梅平原來是愛著他的，這個發現使他十分內疚和傷感。也燃起了他對梅平的感情，覺得她過去所有的乖張都是在向他傳遞愛的信息，而自己居然無意中傷害了她。歐陽的情緒開始波動，甚至可以說有些嫉妒，每當他到梅家去，見梅平和郭子遊親密地在一塊，而且，郭子遊像梅家的成員似地招待他，他現在完完全全地成了外人，他就感到難受。他不禁在心裡面把梅平與許志瑛相比較，梅平是個多麼有特色的女孩子！許志瑛是個像薛寶釵似的女性，圓熟，周到，溫柔，從不亂方寸，可相處久了從她那實在再也感受不到什麼激情。而梅平呢？活生生一個林黛玉性格，敢愛，敢恨，真情實意，他想起梅平的嗔怒，也是那麼有感情！自己過去怎麼那麼糊塗！歐陽甫的心一天天疏遠了許志瑛，他甚至在心裡怨她，要不是她的主動求愛，他也許會和梅平走到一塊的！

歐陽甫的心被複雜的情感折磨著，有一次，已經夕陽西沉，只有他和梅平兩人還在實驗室，周圍靜極了，只有試管碰擊的聲音。他看著梅平的傾影，她穿著一件白大褂，正神情專注地在做實驗，直挺秀氣的鼻子使歐陽甫想起了一尊古典雕像，他心情很激動，突然一下衝過去，抓住了梅平的手，並把她的手送到自己的唇邊，喃喃地說：「梅平，原諒我的錯，我其實真的好愛妳！」梅平一下愣在哪，許久，只見她淚流滿面地說，「太晚了！我們為什麼要傷害子遊和許志瑛？你傷過我的心倒也罷了，你為什麼還要來說這些？」歐陽甫不吭聲了，他頹然坐下，用手抱著頭，輕聲哭泣起來。他不敢抬頭看梅平在幹什麼？他把自己的內疚，苦悶，被愛折磨的心都暴露出來了，隔了許久，他感到梅平向他走來，雙腿跪在地下，把他的頭抱在她的胸前，他可以聽見她的心跳！

這時，實驗室的大門推開了，他倆驚慌地一抬頭，看見郭子遊正站在那，神情也很慌亂，只見他遲疑了一下，立即轉身下樓了，他走得很急，梅平望了歐陽甫一眼，立即追了出去……

以後，三個人都陷入了痛苦之中，歐陽甫和許志瑛攤牌，表示他不能再繼續愛她了，他不願再欺騙她。許志瑛傷心得大病一場，但她是一個堅強自信的女孩子，很快她就考好托福，到美國來留學了。

歐陽甫一方面愛著梅平，但又不忍心傷害郭子遊，而且，他也知道，梅平對郭子遊是有感情的，她不會像他對許志瑛那樣果斷地了卻她和郭子遊的感情，她似乎離不開郭子遊，但顯然她又愛著歐陽甫。這種進退兩難的情感糾纏把她幾乎拖垮了。

梅教授和夫人發現了女兒和弟子的感情糾紛後，也很為難，他們是開明的父母，不願干涉太多，儘管從內心講，他們認為郭子遊更穩重，把女兒放在他手裡更放心，但女兒真的要和歐陽甫好，他們也不想拼命反對，因為歐陽甫也是梅家心儀的學生。他們左右為難，真不知如何是好。

正好這時，美國一大學教授要梅先生推薦一個研究生，梅先生左思右想不知如何是好，送走郭子遊吧，那不明擺著讓女兒和歐陽甫好？送走歐陽甫吧，女兒萬一害相思病又怎麼好？

梅教授想來想去不知如何是好，與梅太太相商，到底女人有主意，梅太太說：「我看送平丫頭走，這樣也好讓大家都解脫！平丫頭到了美國，不可能再和兩個學兄都有感情，讓她見不到他倆，感情冷卻一下，那時再做定奪，她若真愛誰，會把他接去或是回來嫁他。若沒緣份，就大家都一了百了。」梅教授認為這主意可行，於是，真的就把獨生女兒送來美國了。

不久，郭子遊和歐陽甫都畢業了，郭留在大學任教，歐陽甫到了上海一個研究所工作。梅平果然埋頭唸書，把這一段情狠著心，合著去國辭鄉的千頭萬緒含淚強忍下來了。她甚至連信也很少跟學兄們寫，像斷了線的風箏在藍天飄走了。

可是，郭子遊和歐陽甫都放不下梅平，他倆都不願再交女朋友，而是拼命學英文，爭取出國。幾乎是同時，他們都來到了美國留學，而且都申請的是與梅平同一所大學，在北卡羅萊那州，三人又碰面了。

梅平像個成熟的大姐姐幫他們弄這弄那，她不動聲色，把萬丈波瀾深藏在心中，她對他倆一視同仁，不分厚薄，郭子遊和歐陽甫都感到她的溫暖和關懷，但那不是愛情！他倆也就平靜了，三個人真的像兄妹一樣。他們租了一幢House，輪流做飯、清掃，因為同一個專業，所以三人都在一個系，不知情的人都說，他們是老同學，所以特別哥們！

有一個同校的男生，對梅平頗有好感，事實上也不光他一個人，梅平的追求者真的好多！可是，郭子遊和歐陽甫像是護花神，一點兒也不允許他們靠近梅平。梅平自己也拒男人於千里之外，所以，三人就這麼不約而同地等待著什麼！

梅平博士畢業，四處找工作。當時美國經濟不景氣，好不容易在愛達荷州的沙漠小城裡找到一份工業界的差事，因為此地勞動力便宜，地皮便宜，有幾家大的科技公司就設在這兒，但由於條件太差，老美都不太願意來，梅平說，我們赤手空拳地闖天下，在美國活下來就是奇蹟了，何況公司給的報酬好，所以決定去。郭子遊和歐陽甫都很傷心，但也阻擋不了梅平。梅平在北卡的杜克待了好幾年，離開杜克大學時，梅平眼睛都哭腫了。郭子遊和歐陽甫開車幾天幾夜送她來公司，接待的人問梅平他倆是誰？梅平說：「我的哥哥們。」

又過了寂寞的兩年，郭子遊和歐陽甫也畢業了，梅平說，她們公司有空位，如果願來，她可以幫送材料。郭子遊接了梅平的信，交給歐陽甫也唸過了，兩人都沒有說什麼。

夜裡，郭子遊約了歐陽甫去洛麗一家中國餐館喫飯，歐陽甫知道，他一定有話要和他談，而這話，一定是關於梅平的！

果然，郭子遊說，他不準備去梅平的公司，他不習慣那兒的氣候，但他希望歐陽甫去，因為梅平身邊需要有人照顧。他定定地望著歐陽甫，很誠懇的說：「我們三人的事終究要有個結局，梅平不小了，不能老這樣拖著她，她是我倆恩師的女兒，我們不能再拖下去了。我說句心裡話，我依然愛著梅平，從第一次在梅家見到她時我就深深愛上了她，可是，我也知道你的心情，我覺得也許你倆更合適？你去找梅平吧！我已在聯繫工作，加州有一家公司願意給我一個位置……。」歐陽甫聽了郭子遊的一番發自肺腑的話，一時不知說什麼好！

郭子遊給梅平回了一封信，說自己的皮膚乾躁，受不了愛達荷的氣候，又說在加州已找到公司，而歐陽甫卻無處可去，希望梅平幫助歐陽甫。梅平隔了好久才回信，說是已把歐陽甫的個人資料送交人事部門了。

兩個月後，歐陽甫就去愛達荷工作了，郭子遊果然去了加州。郭子遊很少與他們聯繫。歐陽甫和梅平在這個西北小城朋友不多，因此兩人都有故人情深的感覺，常在一塊散步、喫飯、看電影，冬天去黃石公園滑雪，夏天，去奧瑞崗海岸鉤螃蟹。但是，他們始終沒有越過朋友的界限，郭子遊的身影依然不時地在他倆之間存在著。他們無法超越他，對歐陽甫來說，他對郭子遊有一種感恩和內疚，對梅平來說，卻是一種剪不斷，理還亂的情感……

有一次，梅平到加州出差，順便看看郭子遊，但據郭子遊說，他那幾天正好不在加州。梅平還是按地址找了去，郭子遊果然不在，卻見到了他的同租一間公寓的朋友。梅平給郭子遊帶來了一些食物，還有一件梅母手織的毛線衣。郭子遊的朋友很熱情地接待了梅平，當他知道來者是梅平時，連眼睛都興奮地放光了。他說老郭時常跟他講起梅平，彷彿她是這個世界上最美好的女性。又說郭子遊把她的相片放在桌前，經常一個人陷入沈思。他問郭子遊這個女孩是誰？郭子遊說是他最愛的女孩，但因為還有另一個男人愛著她，所以為了成全他們，自己便忍著內心極大的痛苦退出了，可是，他忘不了她，曾經滄海難為水，他這一輩子便獨身算了，以免對別的女人不忠，因為他的心永永遠遠已交給了那個叫梅平的女人……

梅平含著熱淚，強忍著一腔波瀾萬丈似地翻騰著的心情回到了愛達荷州。從此，她的心情更加不能平靜。她回顧了這些年來與郭子遊、歐陽甫之間的感情風雨，覺得自己如果跟歐陽甫結合，她的心永遠都不會釋然，她會牽著、掛著郭子遊，她會欠他太多，太多。郭子遊從一開始便深深愛著她，他從來沒有傷害過她，從來沒有！他深沈、寬厚、忍讓、犧牲，處處為他人著想，所以父母當年看中了他的人品，居然不顧他和她的年齡差距，不在乎他的婚史，要把自己的終生托付給他，實在是父母考慮再三的結果。自己和歐陽甫的感情雖然也不易割捨，但也許歐陽甫的創傷不會有郭子遊那麼深重！而且，隨著自己年齡的漸增，閱歷的成熟，梅平對該找一個怎樣的丈夫更加有了一些想法，顯然，郭子遊是可以同甘苦，共生死的人，況且，和郭子遊結合，也是父母慈親的最初心願呢！決心既下，梅平和歐陽甫促膝長談了幾個長長的傍晚時光，兩人都哭了，歐陽甫尊重梅平的選擇，儘管他的心都要碎了。歐陽甫最終病倒了，恢復後的他對人生有了一種透悟，他知道，一切都是天定，梅平本來就不該屬於他！梅平飛去加州，向郭子遊正式求婚，郭子遊激動得說不出話來，只是緊緊地把梅平擁在懷裡，他說：「妳終於回來了，這是上帝給我的恩賜呀！」他們一同給梅平的父母打了電話，兩位老人高興極了，連連說，這下放心了！這下就完完全全地放心了！歐陽甫呢！他看著這一切，心裡固然有些傷感，但他依然為他們高興，愛是自私的，排它的，可愛又是理性的，寬容的，可以給予的。他甚至為自己終於從愛的痛苦中解脫出來而慶幸。

梅平隨著郭子遊到加州去了，臨行前的送別，三人都很傷心，那情景，正如關漢卿的「雙調，沈醉東風」中描繪的，「咫尺的天南地北，霎時間月缺花飛，手執著餞行杯，眼含著別離淚。剛道得聲『保重將息』，痛煞煞教人捨不得。好去者望前程萬里。」

後來，梅平和郭子遊婚後恩恩愛愛，兩年後生下了一個胖嘟嘟的兒子，取名叫「念甫」。歐陽甫一直在愛荷華州工作，至今未論及婚嫁。

早秋

馮道明是我父親任教的那所大學的副校長，主管教學工作。這是一個神氣活現的男人，精明、風趣、英俊。父親說，馮校長是湖北黃陂人，家裡非常有錢，在「千船運來萬擔米，餵不飽漢口一早起」（意思是說漢口人口眾多）的漢口擁有好幾家商號、錢莊。馮道明在武漢大學唸書時，頑固保守的父母硬給他訂下一門親事，女的連小學都沒上過，最糟糕的居然有一又纏過足又鬆了的「解放腳」，這使馮道明很難堪，於是一氣之下，加入了地下共產黨，跑到延安鬧革命去了。四九年大陸易幟，他因為是知識分子，便派往大學，做了副校長。

太太仍在鄉下，帶著一個女兒守活寡。因為馮家是有錢人，土地革命時，財產通通沒收，馮父還差一點被活埋了。太太讓唸過書的女兒寫了一封情緒激動的信，托人帶給馮道明，馮道明一看，心立即就軟了，於是把太太和女兒接到了身邊。

馮道明有一個替他處理日常事務的秘書，叫林之茵，原是北平女師大的學生。林之茵是個新女性，穿著古板的，男不男，女不女的列寧裝也風姿綽約，又寫得一手好字，打起字來像炒豆子，只聽一陣劈拍聲。馮校長的辦公室旁人是很難進去的，只有林之茵穿來往去，馮道明一天到晚工作很忙，除了一桌子的文件便是林之茵了。文件是枯燥無味的，而林之茵卻是溫婉生動的，所以校長休息時，邊喝茶邊看著身邊這個有聲有色的女人。埋頭批文件時，林之茵在一旁，校長內心竟有一種「紅袖添香夜讀書」的詩意。終於有一天深夜，他把林之茵攬在懷裡，而林之茵呢，第一個反應是去關門，拉熄燈，然後就像楊柳迎風似地把自己交給了副校長。

跟馮道明有了非同一般關係的林之茵，有些趾高氣揚起來，馮道明批文件時，她會把頭埋在他的肩上，給他出不少女人的小精明、大糊塗的主意。她不許馮道明抽煙、飲酒、甚至連馮道明的薪水袋她也管了起來，她不止一次撲在馮道明懷裡哭得淚人般的，要馮道明和「解放腳」太太離婚，馮道明沈默不語，他知道自己是一校之長，離婚鬧大了會驚動教育部的，那可不是兒戲，況且「糟糠之妻不下堂」，良心上也交待不過去。土改時，太太在鄉下孝敬自己的雙親，恩重如山呵！可他又捨不下林之茵，她的風情很難忘，「齊人有一妻一妾」，可他馮道明身為副校長，卻不可能同時佔有兩個女人，馮道明有些苦惱起來，常對下屬發火，鐵青個臉。

一年容易又秋天，楓葉紅了，大雁遠去了。林之茵卻懷上了馮道明的孩子，幾乎每天，她都要在辦公室眼淚汪汪地做嘔吐狀，嚇得馮道明手腳都抖。林之茵縮在沙發的一角，柔美的頭髮此時散亂著，她纖細的手指緊緊捂住腹部，用急促而溫情的上海話低聲說道：「儂窺窺（你看看），儂窺窺，你個小孩在動彈著啦！」馮道明一個箭步衝過去，半跪在沙發邊，拉著林之茵的手說：「小祖宗，求求你了，把孩子做掉！」「做掉？」林之茵杏眼大睜，忽地跳將起來，扯著馮道明的袖子說：「你造孽呢？做掉？我才不做呢！我偏要生下他！你早知今日，何必當初！」

馮道明被林之茵的樣子嚇了一跳，他索性從沙發邊走開去，回到寬大的辦公桌前，望著窗外早秋的楓林，被霜色一片片染紅。

林之茵慢慢踱了過來，習慣地伏在他肩上說，「你是天上的神哪！你哪裡知道打胎要單位證明，要父親簽字，你……你敢和我一塊去醫院讓人家追根揭底，問個水落石出呀！」馮道明一句話說不出來，色戒！色戒！色這個糖衣炮彈把自己炸得一塌糊塗。

林之茵又哭鬧了，淒淒慘慘地說：「我早勸你離婚，你又死撐著要面子，如今事情鬧到這一步，我只好舊話新提，趕快離婚吧！」馮道明望了她一眼，終於下了決心。

「解放腳」太太大哭一場，但哭過之後就十分鎮定，同意離婚，只是提出要帶著女兒，留在城裡。馮道明懷著一腔負疚，替她找了一份紡織廠的工作，太太搬出校長深宅大院，帶著女兒搬到小小的廠裡工人宿舍，走的那天，女兒拉著父親的手，連聲說：「爸，你好狠心！」

林之茵懷著身孕和馮道明舉行了低調的婚禮。馮道明受到了內部處分，心中有些悔痛，但看著新婚的如夫人又嬌又嗔的模樣，挺著大肚子在寬大的房子裡指揮保姆幹這幹那，書房裡掛著新夫人的墨跡，又覺得世界真美好！

林之茵生了一個胖胖的男孩子，她離開了校長辦公室，到大學的圖書館工作。新來的女秘書是個四十六、七歲的女人，刻板，好像不會笑，馮道明有時會想起偷情時代的林之茵，不管怎麼說，林之茵是個好秘書，可惜太風流了，漂亮的女人是禍水，想到這，馮道明不禁好笑起來。

「解放腳」跟馮道明從此沒有什麼聯繫，女兒大了，在師範學院讀書，週日偶爾會來看看父親。林之茵抱著男孩在房裡穿來走去，尖著耳朵偷聽父女倆的談話，只聽女兒說：「媽當車間主任了，我們搬家了，現在的家挺寬敞。」父親喝口茶說：「那就好！妳媽有今天不容易，她文化不高，全憑自己聰明肯幹。」林之茵故意弄得孩子大哭，女兒趕忙說：「爸，那我回家了，我媽還等著我呢！」馮道明一直把女兒送到巴士站，回來時，看見林之茵好生氣的樣子。他沒搭理她，心想林之茵這個女人器量很小。

一九六六年，文化大革命開始了，馮道明因為是副校長，立即被撤職，每日寫檢討，日子苦不堪言。紅衛兵要所有和馮道明有關係的人揭發他，父親因為文革前做過不長時間的系主任，自己被鬥且不說，還要他揭發馮校長，我父親直到現在還常常得意地講給家裡人聽他當年有多麼機智，父親說，「馮道明這個人高高在上，不跟下面人接觸，所以我一點也沒有機會看透他的壞思想。」其實，父親和馮校長是很熟的。所以，文革後，馮道明官復原職，對父親文革中沒有揭發過他很感激，我父母要出國，他大筆一揮就批准了，此乃後話。

紅衛兵拿不到什麼材料，就想起了馮道明的被拋棄的前夫人——胡早秋，那時胡早秋已經隨女兒住到湖北宜昌去了。

知情人都說，這下馮道明要倒大霉了，前妻還不乘機痛打落水狗，一解心頭之恨?

紅衛兵組成的專案組乘興而去，敗興而歸，胡早秋什麼也沒有說，不管勸誘也好，威迫也好，她都不言不語。專案組回來，想起了馮道明的枕邊人——林之茵。

林之茵文革中，因為她是馮道明太太的緣故，又加上林之茵的父親曾是上海一個不大不小的資本家，林之茵過去又挾馮道明之勢，得罪過不少人，所以也被人貼了不少大字報，罰她去打掃廁所。專案組找到她，要她起來揭發馮道明，可以立功贖罪。她說要想一想，有些事忘了。專案組的人想，這馮道明還是挺有本事的，兩個女人都不肯把他的壞事抖落出來，不料一個星期後，林之茵就交上來厚厚一疊材料，專案組一看，高興得立即召開全校教職員工大會，批鬥馮道明。

林之茵當著馮道明的面揭發說，馮道明有一次翻毛澤東著作，邊翻邊說，毛也是凡人，現在被捧為神了，毛著中有些話說得很粗淺，毛憎恨知識份子，因為毛自己並沒受過很好的、很正規的教育。林之茵還說，馮道明對他與林之茵當年未婚先孕的事受到上級處分一直懷恨在心，常說，我這點破事算什麼！毛澤東和江青勾上時，賀子珍還不是毛的老婆嗎？毛也是後來才和賀子珍離婚的！林之茵的揭發一下激起了人們的憤怒，那一天，馮道明被打得鼻青臉腫，腰間盤突出，而林之茵呢？第二天就不用掃廁所了，終於回到圖書館，終其文革，她從此未受任何磨難。而且，她提出了離婚，馮道明立即同意，大概是文革快結束的前兩年吧，林之茵嫁給了北京一家著名眼科醫院的教授，把兒子也帶過去了。

馮道明卻因為漫罵毛澤東的大罪一直不得解脫，直到大陸開始對毛澤東進行正確評價的八十年代，他才恢復工作。

我的父母目睹了這可怕的一幕，母親說，那些話一定是林之茵編造的，她想洗清自己。父親不這麼看，父親說，那些話馮道明肯定說過，正因為他確實說過，所以林之茵跳出來揭發他時，他才當場昏倒，他的昏倒不是氣的，是嚇的，你想，老婆是自己最親近的人，有什麼話能瞞著枕邊人？現在等於枕邊安放了一個竊聽器，家裡養了一個間諜，他能不急火攻心，一下就嚇昏過去了！母親也覺得父親的話對。說實話，在大陸早先那種強權政治下，如果女人都像林之茵一樣，恐怕大陸男人早就有十分之一、二的人關起來嚐嚐鐵窗滋味了。

林之茵再嫁後就沒有到大學來，她調了工作，在醫院人事科工作，有人看過她，說她多少年都是一個樣，一點不見老，只是頭髮是染的，戴了一副寬邊眼鏡，想必是掩著眼角的滄桑吧！

馮道明卻一直獨身，依然風度翩翩的副校長，據說有不少人前來說媒，有的女的還是三十多歲的大姑娘呢？可他一概回絕了，有人便猜他是放不下前妻，可是卻又不見有什麼動靜。知情者說，他去過宜昌求婚，可胡早秋拒絕了。曾經滄海難為水，感情這東西是最微妙的。

找一個男人或一個女人，善良和可靠是最重要的，不然，你的人生真是危險萬分！你想，壞蛋就躺在你身邊，那日子可怎麼過？

藤田先生

第一次看見藤田先生，是在北京東郊的長城飯店，一晃已是十多年前的舊事了，日本的親友托他帶給我一本辭典和一盒京都的小喫。記得那天郭沫若先生的一個親戚也在那兒。藤田先生大概三十多歲，是一個很英挺的男人，他有一雙很沈靜的眼睛，只是吸煙太多，一根接著一根，在煙霧中他很少說話，他和我說著日文，後來我才知道，先生的中文比我有些發音還準確，完全聽不出是外國人，後來，他解釋說和我說日文，是體諒到當時我的心境，一定很想有機會說日文。從這一點點小事看，先生是個很細緻，很為別人著想的好人。

以後，我到了日本，和藤田先生接觸的機會多了起來，知道他在試著翻譯中國的文學作品，他的理解簡直是個天才，他談起魯迅、郭沫若、郁達夫的人生和作品，他的評論幾乎無懈可擊，他用中文作詞，寫漂亮的散文，很多時候，你會感動，一個和中國沒有半點淵源的人，會有這麼好的悟性。

藤田先生開著一輛雪白的尼桑，少言寡語地在茫茫人海中穿來過往，很少看見他放懷大笑，也不曾聽見他像別的日本男人一樣，談論的話題永遠離不開女人和酒。他的藏青色西裝從來筆筆挺挺，繫著暗條的領帶，就連偶爾掏出來的一方手帕也疊得方方正正。

他從不談起他的家人，也從不邀請別人去到他家，只知道他有太太，有兩個男孩，但他那獨來獨往的樣子，好像是一個單身貴族。他也的確是一個貴族，大家都知道，藤田先生有一家工廠和其它一些產業，是一個有錢的老板哩！

有一年春天，我在報紙上讀到一條新聞，是關於春鬥的消息。春鬥就是勞工階級的罷工，是勞資雙方一年一次的較量，工人們罷工，向資本家要求漲工資，改善勞動條件。勞資雙方每年春天都有一次衝突，孰勝孰敗，在此一鬥，一般春鬥是理性的、和平的，法律允許的。我看見一行醒目的大字，「藤田英治先生代表全市勞工階級與資方舉行重大談判，明日全市地鐵、巴士、出租一律罷工，藤田英治先生發表重要聲明！」我嚇了一大跳，接著，跳入我的眼簾的便是一幅大照片，是他，藤田先生！

我唸罷報紙才曉得，藤田先生是本市工會的主席，從早年起他就開始從事工人運動，在勞工階層中擁有很大聲望，他把自己的一生都與幫助勞工階層生活得更好的目標聯繫在一起，就連他的財產也大都用來做為工會的資金，無償地奉獻出來了。

我是一個對政治沒有任何興趣的女人，但是我有知識人的良心，有來自儒家古訓的修身，齊家，平天下的理想，有同情弱者，幫助窮困的均平思想，所以，我對藤田先生的人生抱負是理解的，敬佩的。那幾天，走到哪裡，都看見鐵路職工們，司機們頭上扎著標語，一絲不苟地執行罷工總指揮的命令，同時也為市民們開出了交通車，我就在想，藤田先生一定在忙著呢！

那以後，我很少見到藤田先生，有一次，向一位熟朋友談起了他，我說，我原來以為藤田先生是一個業餘文學研究者，沒想到他還搞工會！那位朋友便告訴了我一個令我感動不已的真實的人生故事。

藤田先生出身在一個十分貧困的下層勞工家庭，但他從小就聰明過人，有神童之稱。在父母親的拼命努力下，先生上了我留學的大學，是工學部人人皆知的優秀學生，加上多才多藝，英俊善良，所以有一個名叫和子的女同學愛上了他，倆人山盟海誓，感情很深。但是，日本並無獎學金制度，也是一個社會救濟十分不完善的國家，加上先生的家突遭變故，他的父親病逝，母親無法維持生計，只好要身為家中長子的先生忍痛退學，進了一家工廠當工人，幫助家中生計。先生受到學業中斷的打擊，痛苦得幾乎不能自持，更可憐的是，他和和子小姐的關係也隨之中斷了，和子後來嫁給了本系另一個富家子弟。先生曾經試圖割靜脈自殺，但因顧念年邁的母親和年幼的弟妹們而重新燃起生的願望，他從此開始對日本社會貧富不均，勞工階層的生活沒有任何保障強烈不滿，決心把自己的一生事業都奉獻出來，為勞工利益而努力，正好在這時，他的才華和為人被老板看中，老板要把獨生女兒嫁他為妻……

老板的女兒是一個模樣還不錯的姑娘，只是沈默少語，藤田先生自己受到家庭變故，被迫退學，情人變心的一系列打擊後，也很沈默寡歡。所以，他並不認為這是什麼缺陷。加上，她有偌大的家產，藤田先生一生為錢所苦，他知道娶一個富有的小姐對他的事業是有幫助的，所以，他和她很快就結了婚，生了兩個孩子。可萬萬沒想到，太太原來患有憂鬱型精神病，生了孩子後更加嚴重，十多年不肯離開家門一步，也從不見生人，一聽生人說話就嚇得打抖。藤田先生並沒有想到和她離婚，而且，精神病患者也受到法律的保護，離婚會是一件非常困難的事。他對她有同情心和沉重的責任感。十多年來，他孤獨的生活，沒有聽說他和別的女人有什麼感情上的糾纏。

藤田先生從妻家得到了不少產業，自己成了老板，但是，他堅持自己的理念，幫助勞工階級，他鼓勵自家企業的工人成立工會，每年提高工人工資，並把金錢用在工會工作上，他自己一生都很簡樸。

朋友說，是和子這個女人影響了藤田先生的一生，愛的失落使他選擇了現在的人生，女人對男人的刺激大於一切。

四年前的深冬，我接到藤田先生的一封信，他說他患了肺炎，正在家養病，希望明年櫻花開時，和朋友們一塊賞櫻。他還用中文寫了兩行詩，那詩句如今在我腦海中已模糊了，好像記得是說博多海，又好像是吟誦博多的松風。

我回了一封短簡，打過一次電話又無人接。心想肺炎不礙事的，先生太操勞了，休息一下就會好起來的。不料，兩個月後碰見一位熟人，他說藤田先生已死了，患的是肺癌，他自己應該是知道的。我一下子淚若泉涌，正站在繁華的街道上，頭昏得幾乎要倒下，想到他才不過四十五歲呢！太年輕，實在太年輕了！還有他的有病的太太，未成年的孩子，他的抱負和事業，他走得太匆忙，他一定不甘心！

先生孤獨的走了。他在人間留下了好些遺憾，他把愛從女人的身上移開，匯入了為下層勞工爭取更好的人生的事業之中，他是偉大的男人！我早想作文紀念他，卻拖到如今，心中真有些愧意，但每次提筆又放下，皆因傷心。

我也記得，先生知道我在大學教課之後，曾說過一段話，他說，你應該跟日本學生們多介紹你的祖國，介紹中國文化，四千年的中華文化是日本民族受到的莫大恩惠，告訴年輕人，日本侵略過中國，要永遠知道我們曾經犯下的罪過，如今，斯人已逝，忠言猶存，先生一生尊尚中華文化，指責日本的侵略，是中國人民的朋友。

先生，安息，天家有愛，愛必惠於你。

斯人風範

從小就在父親的書架上讀到胡適先生的白話詩，「兩個黃蝴蝶，雙雙飛上天，不知為什麼，一個忽飛還，剩下那一個，孤單怪可憐，本無心上天，天上太孤單。」詩很淺顯，不用大人教，小孩子就背熟了。後來，走上學院式研究道路，覺得胡先生的大膽假設，小心求證的方法很有啟示，於是又開始看他的學術著作。但對於他的道德人品，卻少有了解。只知道胡適有一個纏小腳、近乎文盲的妻子叫江冬秀，與胡適先生結合四十餘年，他們的婚姻讓世人總有幾分猜測。在日本時，又看了一些關於胡適先生的文章，覺得他藹然長者，做人溫文端正，不尖刻，謙和忍讓，有君子風範，也和我一貫欣賞的人品吻合，心裡便進而對胡適先生和江冬秀的人生有了興趣。

胡適先生是安徽人，江冬秀是他的同鄉，夫妻倆至少有兩點完全一致，一是鄉音，二是家鄉菜。胡適先生是屬兔的，江冬秀卻是屬虎，男人屬兔，難免給人過於文弱的感覺，女人屬虎，那就是一個老舍小說中那虎目睽睽的虎妞了，所以，胡適的母親起初很為江冬秀的屬相擔心，可是算命先生說他倆不沖，於是，便由胡母做主，為兒子訂下親事。這一點和魯迅先生是相似的，朱安和江冬秀都是慈愛的母親送給她們日後大紅大紫的兒子的一件「禮物」。

胡適在美國留學，接觸了不少西方的觀念，甚至還有一次與白人少女的感情糾紛，但是，他在十年之後，還是正式娶了小腳女人江冬秀，因為他覺得「吾於家庭之事，則從東方人，於社會國家政治之見解，則從西方人」。這是他一生做人的準則，中國人的仁、義、忠、孝，是維持家庭關係的良方，所以胡適不止一次強調，「在我的家庭關係上，我一向站在東方這一面。」因此，當女作家陳衡哲在美國留學時，曾也愛慕胡適，但胡適卻始終沒有邁出拋棄江冬秀另娶的一步。後來，又有胡適表妹曹珮聲闖進他的心靈，那時胡適已與江冬秀育有子女了，從胡適的當年日記中，可以看出他的確愛上了這位才貌雙全的表妹……。

胡適在日記中記載說，「與珮聲出門，坐樹下石上，我講一個莫泊桑故事給她聽。夜間月色不好，我和珮聲下棋」，又說，「在雲栖吃飯後，我們下山，仍沿江行，過之江大學，到六和塔，我與娟，(即珮聲另一名) 登塔縱觀，氣象極好」。據不少時人的回憶說，胡適曾想和表妹結婚，但江冬秀不肯離婚，還從廚房中拿出菜刀說要把兒子殺掉，胡適害怕就不敢離了。這種說法當然極有可能是事實，但是，如果胡適硬要離，江冬秀也沒有辦法。

胡適對江冬秀是有責任心的，正因為這種責任心，他才不只一次地割捨和犧牲了自己的愛。胡適在做駐美大使期間，沒有帶江冬秀來，江冬秀心裡很不滿，曾在信中說過，你要是找了個有學問的太太，就可以天天陪著你了。胡適看了信很傷心，回信說，「這一次別離，已有兩年零四個月，要算是最長久的分離了。我心裡常想念你，常常覺得老年夫妻不應該如此長久分離，但我現在實在沒有法子，一時脫不得身，《琵琶行》說，『商人重利輕別離』，我此次出門，既不為利，更不為名，只為國家有危急，我被徵調出來，不能不忍起心腸，拋家別友，來做兩三年的孤家寡人。為什麼我不叫你出來呢？第一，你不懂話，此間沒有幾個中國家庭，你若在此，未免太寂寞，未免太苦。第二，你不在此，我可以免去許多應酬，有太太在此，你出去應酬罷，語言上實在太不方便，是叫你受罪，你不出去應酬罷，又實在太不像樣。」同樣的話胡適還苦口婆心地勸過江冬秀多次，告訴她，「我三番五次想請你來的問題，總覺得你來這裡有種種困難……根本的問題是，你我的生活只可做一個大學教授的家庭生活，不能做外交官的家庭生活，所以我日日夜夜只想早點回到大學教授的生活，你應該能明白我決不是愛幹這種事的。我難道不想家庭團聚？我不叫你來，只是不要你來受罪！」

讀胡適先生這些家信，我真的忍不住想哭，感到他那一顆處處為國家，為親人作想的善心，一個駐美大使，帶著一個纏過腳（後來放了，但基本是小腳）的，沒有什麼文化的太太，在官場應酬一定是件使胡適先生傷感的事，他為了國家，為了妻子的面子，自己一個人孤零零地渡過幾年，他的仁人之心，真是令人感動！

胡適先生尊重女性，同情弱者，他在家庭中從不擺架子，對太太、孩子都很和氣，他幫助冬秀學文化，對她的關心無微不至。他給了她一生的承諾，良心、苦心、愛心，使他成為一個道德、文章都很優美的哲人、智者。他每封給江冬秀的信，都寫得很真摯，很認真，而江冬秀的信卻是錯別字、錯句滿篇，有時真讓人看不通，但也卻依然認真地給她寫。江冬秀比胡適還大一歲，可胡適處處體貼她，江冬秀沒有文化，生活中一定和胡適有不少爭吵、矛盾，可他卻並不記在心上，他在寫給江冬秀的一首詩中說，「她干涉我病裡看書，常說，你又不要命了！我也惱她干涉我，常說，你鬧，我更要病了！我們常常這樣吵嘴，每次吵過也就好了。今天是我們的雙生日，我們訂約，今天不許吵了。我可忍不住要做一首生日詩，她喊道，哼，又做什麼詩了！要不是我搶得快，這首詩早被她撕了！」胡適是個多麼風趣的丈夫呀！

胡適先生愛講笑話，他說男人也要講三從四德，三從是，太太出門要跟從，太太命令要服從，太太說錯了要盲從。四德又可改成四得，太太化妝要等得，太太生日要記得，太太打罵要忍得，太太花錢要捨得。

這三從四得學得好的男士還真是不多呢！胡適先生不僅是一個好學者、好人，還是一個好丈夫！

胡適先生一生，高風亮節，更難得的是他能以包容的愛心，四十年風風雨雨地把一段並不十分合意的婚姻維持下來了。他也有愛心他移的時候，那是很正常的。但是，他以東方的道德心來對待自己的婚姻，批判那種隨意的婚姻觀，他在一篇演說中說：「近來的留學生，吸了一點文明空氣，回國後第一件事便是離婚，卻不想想自己的文明空氣是機會送來的，是多少金錢買來的，他的妻子要是有了這種好機會，也會吸點文明空氣，不至於受他的奚落了。」事隔多年，他的話還是發人深省。

我敬佩胡適先生，無論道德、文章。

和尚和他的太太

荻原是日本南方九州的一個小鎮，小鎮無地下鐵，只有火車可以抵達，家家白牆青瓦，園中花木修竹井然，池塘中時有白鵝戲水，田地中種有水稻、菽麥，鎮上有很熱鬧的店鋪，很豪華的飯店。鎮上的人彼此相熟習的很多，尤其是與和尚松本先生一塊在鎮上行走時，一路招呼打過去，不停的彎腰鞠躬致禮，腰都累得像要折斷一樣。每當我扶著腰部想喊疼時，松本先生就會得意地說：「看見了吧，我的人緣真好哇！上至鎮長先生，下至幼兒園的小朋友，誰不認識箱根寺廟的大住持松本先生呢！」

松本是一個和尚，他本來不是和尚，是離荻原頗遠的一個大都市裡有錢人家的少爺。箱根寺廟的原住持人是他的親舅爺，舅爺膝下只有一個女兒，女人是不能當住持的，所以舅爺很著急，硬把剛剛大學畢業的松本叫來當和尚接班人。松本學的是哲學，這個專業在日本是閒得沒事幹的人才去唸的，本意是撈個文憑，畢業後沒人給哲學家飯碗端，所以松本想了想就來到荻原箱根寺廟當了和尚。和尚的收入來源很不錯，一是信家每月都有奉錢送上，二是和尚在遇有人死時，要去給死者超渡、唸經。一次喪家會給日元六、七萬，合六百八十多美金吧。此外和尚一般都有不動產，廟很金碧輝煌，廟的後面是他的住家，有很大的花園，一半種花，一半是墳墓，墳墓有碑無塚，碑一般是大理石上刻著燙金大字，把墳墓葬在廟裡，是日本人的通例，我估計這也是和尚的收入之一。我問松本怕不怕，他說，不怕，這些人都是他超渡過的，都認識他。

日本的和尚都可以結婚、喝酒、喫肉。所以松本來荻原時，把大學的同學節子也帶來了。節子是他的戀人，愛他，但並不想當和尚的太太，松本天天動員她，節子只好也跟來了，一來就發現當和尚太太好處諸多，一是和尚有錢，二是和尚清閒，三是和尚不用看別人的臉色行事，自己是老板。所以節子就留下來做了松本太太，婚禮是在神社舉行的，因為日本的紅白喜事，白喜歸寺廟，也就是和尚管，紅喜歸神社管。寺廟是佛教，是外來的宗教。神社是神道，是日本本土發展起來的宗教。不像我們，認為外國的月亮圓一些，日本人恰好相反，什麼都是本土的好。所以，一講起這，松本就氣呼呼的，憤憤不平起來。

死人的事畢竟比喜慶的事少得多。所以，和尚和太太都很寂寞，寂寞的和尚松本先生幾乎每天都在鎮上閒逛，腰裡別著一個大哥大，因為他太太每日鎮守家中，一有事就打電話找他回去。

松本十分講究穿著，從來都是西裝領帶，而且一定要用男仕用的高級香水，西裝上衣的口袋裡不是別著一朵鮮花，就是一方疊得方方正正的手帕角露在外面。

和尚什麼事都要摻進去攪一下，比如他是婦人會顧問，鎮禁止釀酒行動委員會顧問（他自己常常喝酒醉得不省人事），鎮上獎學金會的會計、日中友好協會的理事、社區防暴聯防會的副主席、佛教青年會主席……。

和尚一身從頭到腳每一個細胞都在渴望著喧嘩、熱鬧，他唸經時也總是心不在焉，反正也沒人聽得懂。日本人是很少用大哥大的，怕的是招搖，顯得不穩重，而和尚卻在褲腰帶上別了一個。太太有時會用大哥大呼叫他回廟裡去，那大都是有重大的事情要和尚處理，比如，某個很虔誠、獻款最多的信家來廟裡燒香，想跟和尚談談佛理，而和尚不知何處去，唯有太太坐廟中。久而久之，信眾都覺得和尚攬事太多，應該收收心了。可和尚天性如此，跑野了的人，根本回不到清冷的廟裡去了，倒是太太愈來愈不願出門，她每天晨起唸經，收拾院中花草，招待前來訪廟的信者，有空就坐下來研究佛理，學問精進。遇到廟裡舉行法事，和尚總是丟三忘四，卻是太太從中週旋。和尚漸漸成了鎮上知名社會活動家，而太太卻成了不是和尚的和尚。

和尚在鎮上還有一位相好，是個賣藥的西施，死了丈夫，一個人帶著五個小孩過日子，藥店門面不大，但很招搖，賣的藥也很怪怪的，什麼「男寶」、「女寶」、「黃帝液」之類的，但基本上是個西藥房。和尚與其說和女老板偷情，倒不如說是談心，他倆一個站在櫃臺內，一個站在櫃臺外，講得熱火朝天，鎮上趣聞啦！國際形勢啦！和尚的喜怒哀樂，女老板的生意啦！無一不是話題。但他倆的確是情人，因為有時週末，和尚會開著車到店裡接走女老板，一同到鎮上那家名叫月明樓的情人旅館過夜。和尚也有時會周濟一下女老板，但一般都是小數目，從太太給他的每月交際費中扣出來的，日本女人全是家中財政部長，和尚太太也不例外。

和尚和女老板的情事在鎮上人人皆知，據說除了和尚的太太。女老板也是信家，有時會去廟裡燒香拜佛，和尚一般是不在的，只有太太接待她，女老板說，「那個急毛猴又出去野了吧！」太太說：「可不是嗎？一刻也不在家待一下的！」兩個女人罵完和尚，就一同在佛堂跪下閉目唸經。太太還一定要留女老板喫午飯，炒的是自家園中出產的小菜，這是很高的禮遇，因為太太是很少留信家喫飯的。

女老板在太太面前有些不自然，而太太卻十分自然，她對女老板比對別人都好，偶而到鎮上去，她一定要繞道藥店，買一些並不是急需的藥品，她也送一些禮物給女老板的孩子們，愛憐地用手撫著她們瘦削的肩，女老板不動聲色，但太太轉身離去時，她會從和服的袖子裡掏出一方手帕拭拭微潮的眼角，從心底湧出一句：「太太真慈悲！」

幾年後，女老板把藥店轉讓給一個韓僑，全家人搬到神戶去了，從神戶到小鎮，是一段很遙遠的路途，「人生不相見，動如參與商」，從此，和尚雖然依舊在鎮上東跑西顛，但畢竟一個很特殊的故人遠離了他，他有時張望一下廟裡青苔微潤的石板小徑，有些落寞心情。

有一天中午，太太接到一個電話，是女老板打來的，太太說：「他不在家，又跑出去了。」女老板說：「他那脾氣我當然知道，我是打給你的。」兩個女人都有些沈默，女老板說：「在荻原那些年，你對我很照顧，我是對不起你的……」聽得出，她的聲音有些嗚咽了。

「哪兒的話呀！」和尚太太停頓了一下，望著午後禪房的幾枝懶懶的月季，說：「人間萬事皆為空，我和他，其實也是一場空罷了！我什麼都看見了，又什麼都看不見，色即空，空即色……。」

女老板放下電話，知道一切都過去了，在這空蕩蕩的人世間，「太太學問就是比和尚好呀！」她輕輕嘆了一口氣，她要再嫁了，於是埋下頭，專心給和尚和他的太太寫喜帖。

在這個世界上，有些夫妻的確是同床異夢，視同路人的。婚姻是做給外人看的，婚姻的真相只有夫妻兩人最清楚，他們用不著走上法庭離婚，他們的心早已生分。

敷衍婚姻

我在日本那所女子大學任教時，結識了玲子副教授。女子大學的創始人是一個叛婚的美麗小姐，她後來出家修行，是個頗受尊重的女人，她在明治早期負笈歐洲的法國留學，回日本後，聯合宗教界的財力，創辦了女子大學。學校在群山蒼翠的築紫山間，到處是茶花，櫻花，綠竹，青瓦白牆的校舍，揉合了傳統的日本庭園風格，由於創始人是女性，所以大學居然打破日本社會重男輕女的慣例，聘了一些女教師。不過，總的來說，女老師還是很少，所以，我和年歲相近的玲子很快就彼此注意上了。

玲子是個很吸引人的女人，雪白的肌膚，高挑的個子，披肩的飄髮用一個黑色的方巾束起，西式的長褲紮在白色棉布的襯衣外面，起伏柔和的身材曲線令女學生們驚嘆不已，就連她腳上的皮鞋，也大方別緻。當時，有人戲稱，女子大學是美人窩和待嫁村，學部長是個六十多歲學者，有一次竟然忍不住說，「看玲子先生就知道美人窩的名聲不虛！你們誰見過這麼漂亮的女先生！」

玲子學問也好，她和我家小妹是同行，小妹說，在她們那個領域，提起玲子大家都會知道的。玲子有家學淵源，她的父親是名教授，玲子的博士課程就是跟隨自己的父親讀出來的。玲子的辦公室離我不遠，下午三點左右，她常喚我去她那喝茶，我們換上軟底的布拖鞋，像男人一樣，把腿高高地搭在佈滿書籍，電腦的桌子上，一邊喝咖啡，或是日本綠茶，一邊望著窗外的一抹築紫山脈談天說地。

我知道玲子有一對男孩，她指著孩子們的相片告訴我：「我結婚很早，唸小學就有小男孩追求我，他也許早就忘了，可我的女人味卻從那時就生長出來了，日本人天生是個對男女問題頗有興趣的民族，性成熟很早，小學生談戀愛一點也不稀罕」，我便笑著追問，「那後來怎麼就嫁現在這位先生啦？」玲子抿著小巧的嘴，望著窗外的近山遠峰，慢慢地說，「鬼迷心竅唄！」她看來不想說下去，我也就不好追問了。玲子看看錶，匆匆站起來說：「哎呀！我要去幼兒園接孩子了！」

玲子也邀請過我去她家玩，她的家是「一戶建」，即類似美國的獨立房屋，不與別人共用的。這樣的房子在日本是財富的象徵，起碼要好幾百萬呢！院子裡還挖了一個沙坑，供孩子們玩，種了好多菊，玲子在院子裡忙來忙去，她說這一切都是她自己動手做的。

兩個孩子，大的五歲，小的三歲，都長得胖呼呼的。我注意到三歲的孩子胖胖的小手上有幾道奇怪的傷痕，不像打的，也不像咬的，玲子舉起孩子的小手，用口輕輕地吻著，眼角裡滾動著若隱若現的淚光，她說：「夏先生，妳哪裡知道，這是被他那沒心沒肺的父親用腳踩的！」

我嚇了一大跳，一下子愣在那了……

玲子見我愣在那，輕輕地嘆口氣，說：「小舟，有時我真想扔開這一切，家、丈夫、孩子，跑到築紫的寺廟皈依佛門，落髮修行呢！」我微笑著擺擺頭，並不認為她的話很震驚，因為女子大學是佛門人士創建的，宗教氣息頗濃，教師、學生難免有些受佛教影響。我說：「那可不行，紅樓夢中的妙玉，太美麗了，修來修去，反而被賊劫了去！妳這樣的女人，有才、有貌、有錢、還有兒子，該給的都給妳了，還要異想天開呀！」玲子垂下眼睛，低聲說：「我這個人的人生是做給別人看的，外面看起來轟轟烈烈，內心卻是淒苦的。正如我的身體，外面都不錯，裡面卻有毛病一樣。」我知道玲子患過子宮瘤，但那已是兩年多前的事了，而且由於發現頗早，治療及時，現在和正常人一樣。不過，手術的打擊對玲子來說一定很沉重，因為我不止一次地聽她跟我說過，她是一個不完美的女人，一個沒有子宮的女人。

玲子利索地把孩子們哄睡了，秋日的午後，可以看見紅透了的日本楓在遠山出現秋的色澤，我們坐在榻榻米上，喫著紅豆冰，糖放多了一點，很甜，甜得有些不真實的感覺。

「媽媽說我是脆弱的女人，高中時，和一位叫中村的男同學愛得死去活來，兩人的感情被所有人忽視，我們便相約著到川端康成小說中最富筆墨和心血的伊豆去情死，火車票也買好了，泳衣也帶上了，女友一個電話打給我媽媽，她知道了我的秘密，做了一盆金槍魚壽司給我喫，我喫過以後，覺得人生真的值得依戀，想想就懶得去情死了。所以，我是一個意志很脆弱的女人，媽媽很了解我。」我笑了，說，「情死才是脆弱的表現呢！」玲子很認真地打斷我的話，說：「不，情死很偉大，現在的青年很少情死了，覺得情死不值得。」

「妳丈夫周日也忙呀！」我去那天是周日，可沒有看見玲子的丈夫。玲子說：「嫁了他，早就知道會很寂寞，他有自己的生意……」玲子遲疑了一下，緩緩地又加上一句：「還有自己的女人。」

我慌忙別過頭去，不敢直視玲子的眼睛，沒想到，玲子這樣的女人，也有這麼大的苦悶！我感激玲子對我的信任，也同情她的遭遇，想起自己的人生，我有一種悲切的心結。「夢入江南煙水路，行盡江南，不與離人遇。」天下原是這麼寬大，而人生的故事卻又這麼狹小，本以為玲子是個幸福的女人，沒想到她也有悲苦的人生。

小的孩子在夢中翻了個身，玲子輕輕走過去，用纖細的手指溫柔地撫摸他的頭，她轉過身來，微微衝我一笑，說：「不過，我也有自己的事業，有自己的男人！」

玲子輕手輕腳地走過來，把身子靠在和室（日本式房子）的紙拉門上，說：「你早晚也會知道我的故事，大學好多老師都知道，我何不親口告訴你，因為別人口裡出來，又是另一番故事了。日本社會真的好像一張潛網，人們想掙脫，卻又被網拉了回來……。」

玲子在東京聖心女子大學唸書時，認識了作曲家後藤，後藤是一個潦倒的音樂家，父親是鐵道工人，母親打零工。後藤在東京交響樂團和同事處不好，他是一個性格很孤僻的男人，本來合約簽了三年，才一年半樂團就把他趕出來了。那時，玲子的母親為女兒在東京租了一間房，後藤就住在玲子隔壁，追玲子的男人好多，常把情書和鮮花送上門來，當然有弄錯的時候，寂寞潦倒的作曲家對送錯了的情書和鮮花一律來者不拒，玲子氣衝衝地找上門去和他評理，一來二去反而成了朋友，玲子也喜歡音樂，於是，寂寞的冬夜，他們常一起圍坐在「闔他滋」（一種日式取暖桌子）上，聽美妙的音樂。玲子覺得這個蒼白、清高、近乎神經質的作曲家的內心有一種很深沈的東西，那是一種與生俱來的才氣和靈氣，是內心的躁動，是不安份於日本社會貧富、貴賤之間滯固的社會階層的躁動，作曲家為玲子寫了好多樂章，他想像她是一朵百合花，聖潔的、美麗的、溫情的，玲子終於愛上了他，愛上了一個前途未卜的青年。她和他同居了，白天，玲子去學校，作曲家在家，夜裡，作曲家去酒吧演奏，玲子也會跟著去，從小在很優裕家庭環境中長大的玲子，在酒吧裡第一次見到日本社會灰暗的一面。她看見那些陪酒女郎，每晚濃妝艷抹，跟男人浪聲浪氣地調情，男人給了幾個錢，便摟著男人又親又吻，男人給更多的錢，便跟男人上情人旅館開房間，這些女人大都沒受什麼好的教育，來自貧困下層社會，玲子問作曲家，有男人娶她們嗎?作曲家說，其實，那些來喝酒，和陪酒女郎尋歡作樂的大多是有錢，有社會地位的男人，他們之中也有不少人未婚，正在物色太太，但他們絕不會在陪酒女郎身上尋找婚姻，「他們是玩弄她們，找太太，他們只會要你這樣的好女人！」作曲家告訴玲子說。玲子聽了，生氣地用力搖頭，「找一個和這些女人鬼混的男人當丈夫，我才不幹呢！」玲子靠緊了他的作曲家，她從沒看見作曲家和那些女人有什麼交往，那些女人也很敬重他。落魄的作曲家就是在酒吧這樣烏七八糟的地方也堅持他的清高、他的追求，他一絲不苟地指揮著他的小樂隊，傾注著對藝術的真愛和執著。他不沾一滴酒，他對酒吧的男人和女人有一種知識人的悲天憫人的情緒。他說，他希望音樂能淨化人，哪怕是在酒吧這樣的地方。

玲子的母親並不知道玲子的戀愛，或者也可以說，並不在意女兒的戀愛，因為日本社會重婚姻，輕戀愛，戀愛並不是婚姻的前奏曲。戀得再深，說分手就分手，戀愛可以愛和誰就和誰，而結婚則不然，一定要看學歷、金錢、門當戶對、前景，她對獨生女兒的婚事早有想法了……

玲子的母親從來沒有生育過，玲子是從孤兒院領養的。日本人一般自己沒有小孩時，很少領養小孩，可玲子的母親是在一家婦女慈善機關當常任理事。她有一次到孤兒院視察，看見九個月的玲子笑得甜甜的，穿著白色的碎花小裙子，張著胖胖小手，理事走過來，情不自禁的抱起這個可愛的小女孩，小女孩把頭埋在她的懷裡，她放下小女孩要離去時，小女孩居然大哭起來，口裡喃喃叫喊著：「媽媽，媽媽。」理事的心碎了，旁邊的人也一同掉下眼淚，於是，理事決定收養這個孩子，成了玲子的母親。玲子的母親十分仔細地查閱了孤兒院中收藏著的玲子的有關材料，她驚詫地發現，玲子是一個陪酒女郎兼舞女的風塵女子的私生子，母親也許為了自己的生計問題遺棄了孩子，她在玲子五個月時還曾經給孤兒院打過電話，問候玲子的情況，不過從此就下落不明，不知去向。

理事把玲子抱回家中，日本人對領養小孩的事是很公開的，所以玲子從小就知道自己是從孤兒院被媽媽抱回來的，媽媽對自己有恩德，自己要乖乖聽媽媽的話，千萬不可以任性。所以，玲子對母親的話，從來都很尊重。

母親送玲子上最好的幼兒園，最好的小學、中學、大學，培養她的貴族意識，她告訴了玲子有關領養的一切，卻瞞過了玲子的生母是風塵女子的事實，甚至對自己的丈夫，她也隻字未提。她年齡愈大，愈加疼愛玲子。她的疼愛是無微不至的，也是頗有壓力的，她放任女兒做一些她認為無關大局的小事，允許她有一定的自由限度，比如放她一個人到東京這樣紅塵滾滾的地方讀大學，讓她一個人租房子獨住，而不是住在她的姨媽，玲子母親的妹妹家，儘管那樣可以省下不少房租錢。

玲子在東京一住三年，她和作曲家形同夫妻，只有玲子母親來時，他才會到別的朋友家暫住。玲子母親在女兒房裡可以發現許多玲子與男人同居的蛛絲馬跡，但母親並沒有深問，其實，絕大多數的日本女人在她們的姑娘時代時，與異性的交往都是很隨便的。玲子母親告訴玲子要避免有孩子，玲子笑笑，顯得頗有自信的樣子。

玲子很快就要畢業了，母親希望她繼續深造，而玲子卻想在東京找工作，和作曲家安定下來。她第一次和母親談到她的男朋友，母親一邊若無其事的似聽非聽，一邊幫玲子整理屋子。

「不行！玲子，你這樣太讓媽媽寒心，該和他說莎喲拉娜（日文再見的譯音）了，趕快回九州去唸大學院（日本的碩士、博士研究院）。」母親說。「我考不上的，競爭那麼激烈，再說，我從來沒有做一個學者的心理準備……」玲子說。「就報你父親的專業好了，學者並不難，有條件誰都會當。多向你父親討教，你已經長大了，將來的路父母已為你想好了。大學畢業能幹什麼？如今誰不是大學畢業！」母親過來，把玲子的頭放在自己懷裡，像小時候一樣：「忘掉他，那個作曲家！做丈夫他不合適，大學時代的情人都像做夢，一畢業夢就醒了！」

玲子穿上美麗的和服，領口上別著家徽，暗示人們她來自歷史悠久的上流家庭，父親和母親都一直等待著參加畢業典禮，玲子代表應屆畢業生上臺接受校長的祝辭。接著是無休無止的祝宴，父母已幫她退掉房子，一家人暫住姨媽家裡，玲子甚至抽不出身來和作曲家見面，她知道，畢業典禮那天，他也來了，悄悄地站在最後面，他的臉上是深沈的神情，不知是恨玲子，還是依然在愛，玲子因為穿著高跟的木屐，必須小心走路，父母又跟隨左右，她經過他面前時，輕輕地說了一聲「後藤君，謝謝！」母親立即挽著她離開了他的注視。

母親親自去接每一個電話，也不許玲子對外打電話，一家人心照不宣，把玲子事實上軟禁起來。玲子從母親和父親眼神裡看出他們的果斷，夢該醒了！她想起母親的話，伏在窗臺上，看東京深夜的萬家燈火，哪一盞燈是屬於他的呢？她哭得眼睛都腫了起來，晚上必須服安眠藥才能入睡，她想寫信給他，又不知他現在住在何處？他是知道她姨媽家地址的，可他根本無法進來，姨媽家住在高層住宅，十七層呢！樓下是值班室，必須要接通姨媽家的問話機得到許可才能進來。

玲子坐在臨街的房間窗前，一坐就是好久，她突然看見有一個男人在樓下徘徊，穿著風衣，戴著墨鏡，雙手插在衣袋裡，就這麼一趟一趟地來回走著，她的眼淚一下蒙住了雙眼，她知道，那是作曲家，他來找她了！

玲子推開窗子，四月的春夜還有幾許寒意，她不敢大聲叫，便揮舞著她的綢巾，在暗夜中拼命揮著。

他沒有看見，他怎麼能夠看見？玲子瘋了般地推開父母房間的門，一下子跪在地板上，給喫驚的父母磕了好幾個頭：「媽媽，爸爸，請允許女兒和後藤君話別，我們相愛三年，我以後不會再見他了，請允許我們把話說清楚吧！」

父親不吭聲，吸著煙斗，翻開了一本厚厚的書，母親扶起了玲子，說：「女兒，你讓我們好失望呀！如果你執意要見他，媽媽會讓你去，不過，我想這對你並不好，對他也不好，一了百了，何必要再見面說清楚？男人和女人的事又如何說得清楚？還是不辭而別好呵！」

玲子抽泣著回到自己的房間，把燈關上，爬到床上，用被子蓋住自己冰涼的身子。忽然，房間門打開了，母親輕輕走了進來，對玲子說：「後藤君在對講機裡，你可以和他說再見，但不要講太久了，姨媽心裡會不安的……」

玲子立即衝到玄關，抓起對講機，泣不成聲，母親拍拍她的肩，放了一杯紅茶在旁邊的桌子上，然後走開了。

「後藤君，我要回九州去了，你要多保重，再見了，後藤君！」她邊哭邊說。

「玲子！玲子！不要傷心，我會到九州找你的，別說九州，就是天邊，我也會尋了去！」作曲家的聲音也嗚咽了。

「你一定要來呀……」玲子頭一昏，昏倒在玄關裡了，對講器懸在空中，是作曲家一串串焦急的問候……

玲子跟父母回到了九州，在父親任教的大學苦苦攻讀了六年，她住在家裡，生活規矩，和父親討論學問，父親是她的指導教授，也幫助母親操持家務。她深居簡出，除了在研究室，圖書館，很少能看見她的身影。她成了大學裡人人皆知的用功學生，畢業後，便到女子大學任教，走上了父親的人生道路。

作曲家再也沒有和她見過一面，東京離九州，飛機兩個多鐘頭吧，可卻隔斷了他們之間的感情。有時，玲子眼前還會浮現出他的身影，想到他曾說過，要到九州來找她，可他竟食言了。男人的心呵！怎麼靠得住！玲子想到這，總會望望南方天高雲淡的藍天，對自己說，幸好我也忘了他，不然等待的女人一定會毀掉自己的人生。

她穩重的學者風度一如她沈靜的內心，在大學講臺上為女孩子們做出榜樣，很快她由助教，講師昇上副教授，年薪頗為豐厚。

她終於結婚了，丈夫是父親多年世交的長子，東京大學法律系的高材生，在九州開了一家律師事務所，丈夫沈默少言，因為玲子另有教職，無法協助丈夫的工作，所以律師所請了一個女秘書，比丈夫還大兩歲，是一個姿色平常的獨身女人，丈夫說，他和這位名叫順子的女人早年相識，順子做事井井有條，責任心強，可以信任。玲子見過順子，跟她談了一次話，心裡卻並不怎麼喜歡她，覺得順子在躲著她的目光，而當玲子偶然猛一回頭時，又看見她正偷偷地盯著玲子，玲子不覺渾身一陣寒意，她跟丈夫說起她對順子的感覺，丈夫漫不經心地聽著，手裡卻神經質般地玩著自己的領帶，說了一句：「妳多心了。」玲子立即覺得自尊心受到傷害。

丈夫的律師事務所在城裡，玲子任教的大學卻在群山之間，而她們的家又在郊區，正好形成了一個三角形。玲子很忙，因為大學教學任務繁重，還要不停地寫論文爭取昇級，拿終身聘書。加上孩子的出生，玲子簡直無法承擔生活的壓力。丈夫幾乎每天一大早就出去，深夜一點多甚至兩三點才回家，他每次回來玲子和孩子都早已進入夢鄉。丈夫總是輕手輕腳的進來，從不開燈，像一個幽靈似的。有一次，他一腳踩在孩子的手臂上（日本人睡在地上，一般不睡床），孩子大哭，玲子瘋了似地拿起一個枕頭就朝他身上扔去……

丈夫在玲子身邊悄悄躺下，玲子轉過身去，淚水無聲地順著眼角浸透了雪白的枕頭，她和他的見面似乎永遠都在黑暗中。玲子想，他為什麼夜歸時從不開燈？立即脫衣躺下？是在掩飾著內心的某種隱密，某種不安？還是為了不把她和孩子吵醒？如果是後者，那很平常，如果是前者，那又意味著什麼？

丈夫很快響起了呼聲，玲子卻在黑暗中睜大了眼睛，黑暗中，玲子白如凝脂的胴體美麗的舒展著，而他，卻很少碰她，她不禁轉過身去，在黑暗中仔細打量他的睡著的軀身，丈夫是一個很英挺的男人，有著日本男人不多見的長腿和寬肩……

玲子和丈夫就這樣冷冷地僵持著，女人的心畢竟是脆弱和敏感的，她受不了丈夫的冷漠，曾委託一家私人家庭問題偵探所幫她調查丈夫的問題，結果很快就送到了她的書桌上，有厚厚一疊照片，她眯起眼睛一張張仔細地端詳，心中說不出是什麼滋味。照片有的清晰，有的模糊，有一張簡直可以放大，擺到攝影展上去，那是一個斜風細雨的初冬黃昏，丈夫和一個女人撐著一把不大的傘，在風雨中並行。丈夫的臉向著前方，女人的臉卻略略地傾向丈夫，倆人都穿著風衣，女人的腿上是一雙細跟的高跟鞋，拍打起一些雨花來，丈夫的臉很安祥，帶些心滿意足的微笑，女人簡直就是歡愉的，笑得嘴角彎成一道弧形。玲子對這個女人扯起嘴苦笑了一下，玲子認識她，她就是丈夫的秘書——順子小姐。

玲子的心反而鬆弛下來，有一種「原來如此」的感覺。她把相片通通捆好扔在垃圾桶裡燒了，她根本就不打算找丈夫吵鬧，她從此對丈夫的遲歸甚至不歸和他的冷淡找到了答案，她好像有些同情他，因為偵探告訴她，他的丈夫早在大學時代就與順子相愛，他們是同班同學，但是順子家庭來自一個部落家族，部落民是日本社會遺留下來的尖銳問題，相當於印度的賤民，在社會上受到歧視，如同美國有的白人歧視有色人種一樣。順子能上到東京大學，說明她是一個非常聰明，非常了不起的女性。可是傳統保守的玲子的公公婆婆就是不同意兒子與順子的婚事，於是丈夫順從父母，娶了玲子。順子自己早已通過司法考試，有律師資格，可為了與玲子的丈夫朝夕相守，她放棄了個人的事業的發展，從東京來到九州，在玲子丈夫的律師事務所做了一個秘書，心甘情願地和自己相愛的人成了秘密情人。玲子從他們的情事上想到了她的作曲家，那個忘恩負義的男人，他說過要來九州找她的，一晃幾年過去，他卻是音訊杳然，玲子想到這，反而認為丈夫和順子才是真愛。

玲子從此埋頭於自己的事業，對丈夫不聞不問，偶而見到順子，她便意味深長地一笑，熱情地邀她去喝咖啡，她甚至認為自己是丈夫和順子之間的障礙，恨不能躲到深山去做個修行的尼姑。可是，她不能離婚，因為她和丈夫都是頗有社會地位的人，有一次，她和丈夫提起她想離婚的念頭，丈夫立即說：「我們不是好好的嗎？為什麼要鬧得滿城風雨，驚動父母不得安寧呢！」玲子覺得也對，婚姻原是一個社會的需要，社會要人們安定，她不可能和社會和父母作對，她知道丈夫的心事，就是離了，他也不能與順子結婚。

玲子在患子宮瘤時，丈夫和順子守在她的身邊，順子住到她家來，幫忙照料兩個小孩，玲子母親不時地誇獎順子，玲子不吭聲，心頭卻苦悶不堪，她覺得自己的生命已經沒有意義，玲子原是個最渴望愛的女人哪！

有一天，玲子突然接到一個男人的電話，聲音很熟，他邀她到日航飯店咖啡室小敘，他說，見到我你就該知道我是誰了。玲子知道，那個男人，那個作曲家來找她了，她沒有絲毫的猶豫，好像他和她早已約好有這一天似的，她立即驅車進城。她穿著一套玫瑰色的套裙，戴上一個月牙形的珍珠飾物在胸前，她從汽車的反光鏡中端詳自己，依然是一個十分動人的少婦。

咖啡室裡人不多，她徑直向最左邊一個桌子走去，她看見一個男人在讀《朝日新聞》的報紙，手上是一杯沒有熱氣的咖啡。

她輕輕地坐下去，他們的目光相遇了，玲子抽泣起來，埋下頭，他握住她的手，說：「好了，別哭，都做了母親，做了教授了！」看來，他知道玲子的一切。

原來，作曲家在玲子離開東京之後，得到一個民間財團的資助，到維也納進修，幾年的留學和異鄉生活，使這個男人成熟了，去了許多傲氣，多了一些平和，他創作了不少很叫座的歌曲，也有了理論上的論著，在一流樂團站穩了腳跟，他接受了九州交響樂團的邀請，來九州工作，他依然未婚，他說這些年來彷彿是為玲子活著，他認為玲子母親瞧不起他，如今他有了事業，玲子卻早已嫁做他人婦了……

他掩住臉，眼淚從手指間滲了出來，肩膀抽動著，男人的悲哀使玲子深深內疚，她遞過手帕，伏在他身旁說：「我們訂一間房，好好談談吧！」

當他倆掩上房間門時，玲子就忍不住伏在他肩上抽泣起來，她說：「後藤君，我一點不快樂，我求你原諒我！」

以後，玲子常到城裡去和作曲家幽會，他們一起度過許多快樂時光，玲子並不認為對不起她的丈夫，相反，她覺得對不起作曲家，她不能和他結婚，也不能為他生孩子，她要作曲家結婚，作曲家擺擺頭說：「算了吧，不要再去害一個無辜的女人，能和你長相守，我也就夠滿足的了！」

玲子的丈夫很快發現了妻子的變化，他從不和她談起她為什麼常常進城，把孩子放在外婆那兒，玲子知道丈夫一定和她一樣，也去過私家偵探那兒，知道她的一切情事。玲子從丈夫眼睛裡讀出了他的某種釋然，丈夫好像顯得有些高興，彷彿是為了玲子也找到了自己的愛而高興。玲子不禁打了個冷顫，看來，丈夫的心心念念全在順子身上，他和她不過是名義上的夫妻，他甚至一點也不在乎玲子的外遇，有時玲子進城去見作曲家，要把孩子們送到外婆那兒，孩子不肯離開玲子，丈夫就幫著說服孩子，說：「讓媽媽休息一下，媽媽能快樂我們也快樂，對不對？」玲子咬著嘴唇，不吭聲，她立即把孩子塞進汽車，揚長而去……

終於，玲子忍不住了，她向丈夫把一切都講了，她定定地望著他，說：「我們是不是考慮分手呢？」

「沒有那個必要吧！」丈夫不肯對視她的目光，他轉過身去，一字一句地說。

「玲子，我們就敷衍婚姻吧，為了孩子和老人！」

蕙的故事

蕙是個白白淨淨的女孩，渾身上下永遠找不到一絲一毫的不潔，很像剛從衣架上取下來的那些被太陽曬乾了的衣物，有一股太陽的潔淨氣息。她穿著一件白底碎花的布裙子，坐在梧桐樹下打開一本書，那是一本英文原版的小說。蕙是英文系最孤獨的女孩，上課時她坐在教室的最後一排，手托著圓圓的下巴，下課鈴聲早已響過，她還坐在那，笑咪咪的望著同學們急匆匆奔出去，她這才慢吞吞地一個人走向食堂，她每天都去晚了，於是，她從來沒嚐過酸菜牛肉絲的滋味，因為早已賣光了。

蕙的成績不太好，她不是忘了這，就是忘了那，她不愛說話，她喜歡聽別人說，於是，她有許多愛說話的女友，大家都愛跟蕙玩，把心事說給她聽。有一天晚上，寢室裡的女孩子都上床了，大學規定十一點要熄燈，可是誰也沒有睡著，有人提議每人講一個自己的希望，有人說她想將來上月球上去，不食人間煙火，也有人說，她想去美國深造。蕙等大家都挨個說完了，才望著黑暗中的蚊帳頂說：「我的希望是嫁一個有足夠能力養我和孩子的男人，我不想上班，我喜歡在家裡無目的地走來走去，給自己泡一杯清茶，邊讀小說邊吃綠豆糕……」。大家都笑了，認為蕙真是一個平平凡凡的小女人，什麼時代了，居然願坐在家裡讓丈夫養著！

後來，蕙大學畢業，在一所中學教英文，她的姑媽在美國，就幫助蕙到美國留學了。姑媽是個孀居多年的老婦人，沒有子女，但也沒有什麼財產，所以蕙唸書時，一直在一家餐館端盤子。她唸了一個電腦課程，很現實，能有碗飯喫的專業。畢業後，在一家小公司工作，過起了刻板的上班族生活，她自己租了一間公寓，中途還被公司解僱過，那一段半年失業的恐慌和痛苦，差一點把蕙逼瘋了。好不容易找到另一家公司，才度過危機。蕙一點兒也不喜歡自己的工作，每天朝電腦前一坐，她的頭就脹痛起來，腰也好像被人踹了一腳似的疼，眼更不用說，脹的像要蹦出來似的。她每天下班回到家，懶懶地先在沙發上倒頭就睡一覺，等到肚子餓醒了，再給自己做喫的。她覺得整個世界只剩下自己了，聽著自己弄出的鍋碗刀叉筷子相碰擊的聲音，她寂寞得想哭。喫完飯，洗個澡，倒在床上正式睡覺，夢中她又回到了故鄉，北京郊外的綠柳垂依的外語學院的校園，一個個昔日同窗的臉龐一一浮現上來，不知她們怎麼啦？那些好強上進的同學？蕙心中猛然抽動，晃眼自己三十而立了，沒有戀愛過，一次也沒有！

當年，青春少女蕙心中那能養活一家大小，讓蕙邊看小說邊吃綠豆糕的男人他藏在、躲在哪兒呢，蕙羞羞地把被子拉上來，蓋住自己的臉，是的，她應該找一個丈夫了。

蕙認識了一個美國男人，因為蕙的生活圈子裡，幾乎都是美國人。他也是搞電腦的，四十多歲了，離異沒有子女，他工作已有十多年了，卻沒有一幢自己的房子，他是蕙的鄰居，於是，兩人先是搬到一塊住，後來蕙就正式嫁他了。一年後，蕙就有了小孩，她早晨遲遲不想起床，真想賴在床上像學生時代一樣，對同學說一聲，我今天不想上課了！可是，做不到，丈夫說，起來吧！班總是要去上的。蕙瞟了他一眼，嘆口氣還是硬撐著起來了。

秋天來了，一群大雁在天空匆匆忙忙地飛著，預感到冬天將要來臨，它們也知道為自己尋找一處溫暖的家園呢！蕙的丈夫跟上司頂了幾句嘴，一甩手居然自己辭職不幹了，他對蕙說，我想休息一兩年，你堅持工作養家吧！他真的開始在家裡，一會兒看電視，一會兒爬在地上把那輛破車修來修去，一會兒說要寫個電影劇本，一會兒背個相機，滿山遍野搞什麼攝影，或者，去酒吧喝酒，深更半夜不肯回家。他的母親，蕙的婆婆告訴蕙說，當年，他的父親也是一樣，四十多歲時幾乎一夜之間厭倦了工作，終日遊蕩，是婆婆靠當秘書支撐一家人活下來，如今兒子又走上了父親的路，蕙聽完婆婆的話，和婆婆相擁著哭了，兩個異國女人，卻有同樣的悲慘命運。

蕙早出晚歸地工作，夜晚回家，又接了一些程式設計的活來貼補家用，丈夫也會做這些事的，可他連看都不看一眼，彷彿這個家不是他的。他像一根藤，死死纏著蕙這個家庭支柱上，慢慢的，蕙連指責他的興致也失去了，蕙一天比一天憔悴，本來有一雙明亮大眼睛的她配戴了一副深度眼鏡，她更加替公司賣命做，因為她後面拖著一個家，她要養活丈夫、孩子，她不能停下，一停下，一家人就沒有支柱了。蕙有時下班，開著車在車水馬龍的高速公路上行駛時，覺得自己已像一架機器，日復一日，年復一年地運轉著，今日的她和明日的她不會有什麼不同，沈悶的日子一眼就可以看到底，老去的她和現在的她唯一不同的只是一頭青絲換成一頭白髮，至於心態，她如今早已蒼老了。

她還會想起少女時代的夢，找一個有責任心，願意養活她和孩子的男人，可是如今一切都換了個天翻地覆，也許自己前世該著這個男人什麼？今世要來還的？蕙想起了一則佛偈，「欲知前世因，今生受者是。欲知來世果，今生作者是。」她嘆了一口氣，她從來還沒想過離開他，也許，如果有來生，她還應該嫁給他，因為，今生他欠了她這麼多，來世他或許會還給她吧？

蕙又拖著疲倦的腳步，向家和那個男人走去了……

雅芳的故事

雅芳是一個高高大大的煙臺姑娘，她穿大號的鞋，大號的衣，像她這麼高大的女孩本來是應該去打球或是去跳高，可她父母卻認為她有語言天才，因為她父母是四川人，在煙臺住了大半輩子還不會說山東話，而雅芳生來就好像學過，她居然還會打京腔，所以在地方上任一個什麼商業局長的父親便走後門讓女兒上了一家三星還是四星的飯店當了個服務小姐。日本人去煙臺做生意的簡直就是成群結夥，多如過江之鯽，雅芳被一個乾乾瘦瘦的日本老頭看中了，提著不少錢物禮品要到雅芳家提親，雅芳日文是屬於跟對方交談二十分鐘能聽懂三個單詞那級水準，所以聽說老頭要去她家求婚，一時慌了手腳，心裡立即七上八下盤算開來，她從好的方面先想起，老頭是日本人，如今的日本人在電影上揮舞軍刀，叫八格牙魯（其實，日文中並無這個單詞，是聰明導演的想像和生造，小舟注）的時代已過去了，人們心中的日本人，是夾著錢包，禮數多得讓人想學又學不來的油頭粉面的大款，所以嫁個日本人，倒也不必為擔心同胞的抗日情結而膽顫心驚，能乘異國婚姻的東風，到日本住住也不是件壞事。不好的方面嘛，老頭太老，和她爸年齡差不多少，最要命的是矮，才到雅芳的下巴，兩人的鞋擺在一塊，雅芳的就像兩隻大船，老頭的就像外婆送外孫女滿月時穿的小花鞋一樣，怎不叫雅芳心裡覺得彆扭呢！

雅芳的父親是個「氣管炎」（妻管嚴），家裡大事小事都由雅芳的母親說了算數。雅芳的母親是個馬列主義老太太，一輩子正確，左派得很，可大陸改革開放後，她比誰都「自由化」，凡是帶洋味的東西她都一律欣賞，所以，她自然對洋女婿也很有興趣。老頭一進門，她就覺得可以把女兒交給他，因為這老頭本本份份，又比雅芳大出一大截年齡，肯定又是個氣管炎患者，既是氣管炎，那雅芳說話算話，還不由著她把老頭錢包一個勁的往娘家運作？雅芳爸覺得委曲了女兒，又怕眾人笑話，躲在內房稱病不見，於是雅芳媽就和老頭用手勢，也寫漢字，基本溝通了思想，她送走老頭，轉身叫起雅芳爸和雅芳，說，森田先生眼不花、耳不聾，精明著呢！更難得的是煙酒不沾，頭髮是禿了一些，可把咱們家那幾瓶一〇一髮精送他抹一下就好了不是？他說了，他還是個老板呢！自己家有一個大飯館，就在海邊！雅芳也不必想家啦！天下海水一樣藍，什麼時代說什麼話，如今這時代，就數找外國人結婚實在。老洋鬼子紅毛綠眼怪嚇人，日本人好，看起來和咱們一模一樣，可說起日本話來就知道人家比咱們高一等！雅芳找個毛頭小青年我還不放心呢！森田先生胸有成竹的樣子，我喜歡！

雅芳說不出心裡是什麼滋味，她是個涉世很淺，頭腦簡單的女孩子，她望著母親渾圓的鬆弛的臉，懶洋洋地說，「您喜歡就喜歡唄！」

於是，雅芳便隨著老頭，到了一個名叫宮崎的海濱城市。

是有海，而且海水真藍。

原來雅芳的丈夫開了一家拉麵店，有多大呢？從廚房到店堂，寬三步，長三步，就碰到牆壁了。可客人還是滿多的，一個挨一個，擠得滿滿的，有點像我們中國人說的大排檔。

拉麵是日本人最庶民化的食品，無論上班族，退休的老人和上學的小孩都愛喫。便宜的合五美元一份，最貴的也才十多美元，所以一天到晚，客人盈門，只聽撈麵聲，喝湯聲，熱鬧非凡。丈夫頭繫白毛巾，身穿白便服，上面龍飛鳳舞地寫了一排字，叫「自慢拉麵」，自慢就是日文自我得意，滿意，驕傲的意思。丈夫在廚房煮麵，撈麵，放澆頭，忙得精神抖擻，臉放紅光，雅芳呢？負責收款，帶座，此外，還有一個青年叫李春，是從大陸上海來的留學生，他每天下午四時幹到十二點，洗碗，打雜。

丈夫是老板，雅芳是老板娘，丈夫總嫌雅芳不「頑張」，即不拼命幹的意思，動不動就訓得她哭。雅芳原來以為是來日本享福來了，誰知是這麼屁大一個店，而且雅芳打心眼裡就瞧不上生意人，她認為這簡直不是人過的日子，一天鍋碗盤交響曲，聽得心煩意亂。她一看見拉麵就臉發綠，氣不打一處來，原來還以為丈夫是什麼大老板呢？不然也不會嫁他！雅芳整天哭喪個臉，丈夫說，站在門口就像吊孝的，要不是拉麵味道好，本店舊雨新知早就逃光了。

雅芳知道丈夫有錢，這一點可是真的，而且銀行的戶頭上，雅芳也堂堂正正榜上有名，丈夫還幫雅芳買了昂貴的生命保險，醫療保險，周日也帶她到溫泉度假，到海邊遊玩。鄰里街坊都說丈夫是個很「頑張」的好男人。可雅芳就是不喜歡他，更確切地說，是不喜歡拉麵店。她試著問丈夫，可不可以換個行業？比如賣古董，一天也沒一個客人來，來一個就賺他一大筆，丈夫樂了，說，這主意頂好，可人人都要喫飯，買古董的人太少了。

雅芳很羨慕李春，別看這小夥子窮，又沒有日本國籍，可人家只是這討厭的拉麵店的匆匆過客，不像自己，永遠要拴在店裡了。每天當李春把最後一個碗洗乾淨，從店子後面的小巷裡推出那輛除鈴鐺不響，其它哪兒都響的破腳踏車要離開拉麵店時，雅芳總是用中文說：「你倒好，又可以走了！」李春笑笑，回了她一句「店又不是我的，你們大把大把票子賺，我還是領一小時六百五！（合六塊半美金）老板娘，您就知足了吧！」不過，李春一點也不討厭雅芳，他知道，雅芳是個沒有壞心眼，頭腦簡單的女人。有一次，日本過新年，拉麵店關門休息一周，過年是沒有人喫拉麵的。丈夫要雅芳和他一同到九州大分鄉下祭祖，雅芳不願去，丈夫就自己去了。雅芳一個人守著一大堆年貨沒有胃口喫，就打了個電話，請李春到家裡來玩。李春一聽她的丈夫不在家，猶豫了一下，說，「還是你到我這兒來吧，我等下就去接你」……

雅芳一進李春的家門，心裡就呼地一下，眼淚兒也差一點掉了下來，這哪裡是家，分明像狗窩嘛：房門小得只有一張半榻榻米寬，窗子小得只有一個洞張著，一推開門，就對著一個公共廁所，大概有二十多個中國人住在這兒，李春說，他們之中不乏博士、碩士，有的在大陸還早已是教授級的人物了，可都住在這，因為便宜，在寸金的日本，有這麼一個棲身之處就很不錯了。雅芳看見有一兩個女孩子白天上學，晚上打工，因為她們沒考上國立大學，所以只好上私立的，學費太貴，只好下海去了酒店當陪酒女郎，雅芳一聽，輕蔑地扁扁嘴說。「哎呀！那不是賣笑女郎嗎？被男人摸來摸去的，多丟人呀！」李春說，「那可不能這麼看她們，她們挺有骨氣的！有一個日本老頭養起來當情婦，一月管喫管喝還管幫交學費，可女孩不幹！人家苦幾年唸出本事來，照樣堂堂正正做人！日本鬼子過去就侵略過咱們，如今他們有幾個臭錢，又想小看咱們中國人，妳別往心裡去，我不是罵妳，不過說老實話，我對那些嫁日本人的中國女人有點想法，做人要有骨氣，結婚要有愛！」雅芳低下頭，用手撫著衣角，低聲說，「我不怪你說話唐突，我媽確實是有點崇洋媚外，我也有點，唉！誰叫咱們國家比日本窮呢！」李春說，「那也不一定，三十年河東，四十年河西，將來咱們中國好了，日本人又像唐朝時，要死皮賴臉地想起往中國跑呢！」

雅芳和李春越談越火熱，說來說去，都是中國人，雅芳覺得，自己和丈夫結婚也有兩年多了，加上一塊說的話，也沒有今天多，她幫李春整理了一下房間，李春說，「不敢，不敢，老板娘，委曲妳了。」節過完了，拉麵店又忙開了，雅芳對李春多了一份同胞的關心，丈夫計算李春的工作時間時，總是設法少算一些，雅芳就會在一邊說：「不要這麼損人好不好？你們日本人也真是摳門，李春活得不容易……。」丈夫聽了，氣得把計算器朝地下一扔，眼睛瞪得好大，雙手叉腰，指著雅芳大罵起來：「妳是身在曹營心在漢呀！什麼日本人，中國人的，妳嫁了日本人就是日本婆子！妳是不是看上那個小白臉了？」雅芳捂著臉哭，卻不敢分辯。

有一天，李春來晚了幾分鐘，丈夫就摔下臉說：「你死到哪裡去了？老子雇了你，你就得守時間！」李春說：「我的腳踏車輪胎漏氣了，我是一路跑來的。」丈夫依然罵罵咧咧，說：「我就見不得你們中國人那副窮酸樣，車胎破了，你不會叫出租呀！」

又有一次，李春洗碗時不小心把碗摔破了，手上劃開一道大血口，鮮血直流，丈夫見了，心如硬石，說：「你小心點，今天摔破一個，明天摔破一雙，我這拉麵店還開不開？還不趕

快滾到後面去，讓客人看見了血淋淋的噁心人呀！」（日本拉麵店常當著客人面洗碗）

雅芳見況，連忙衝了過來，手慌腳亂地找東西要幫李春包紮，一時找不到，她就急得用口幫李春的傷口吸了起來……

雅芳剛把口伏在李春鮮血直淌的傷手上，丈夫就一下衝了過來，揪起雅芳的頭髮把她摔出好遠，口裡大聲嚷道：「妳這喫裡扒外的中國婆娘，是不是早跟他勾搭上了?!」

雅芳哇地哭了起來，說：「我只是同情他，他太可憐了!我們之間真的什麼事也沒有……」

不料李春把圍布朝地下一扔，說：「誰讓妳同情?我倒覺得妳可憐?告訴你們，老子不幹了！」李春說罷，推出腳踏車飛也似地離去，地下是一滴滴暗紅色的血跡……

李春走了，丈夫故意不再招人，雅芳要領座，收銀，還要洗碗，雅芳瘦了，眼圈下總是一道黑影，秋來了，日本楓紅得像火一般，一群群大雁排成人字形，向南方的方向飛去，海上的漁船一天比一天稀少，沙灘上是一派寂寞的遼闊，雅芳望著秋的景色一天濃似一天，便想起了故鄉的海，常常發獃。

丈夫一定察覺了雅芳的思鄉心事，可他不聞不問，他開始去酒店喝酒，和一個從岡山來的中年婦人打得火熱，丈夫一定把錢拿去周濟她，因為這婦人死了丈夫，帶著兩個孩子過清苦日子。

雅芳不嫉妒，她彷彿沒有看見，她只是思鄉，一串故鄉的笛聲就能引出她一汪熱淚，她偷偷向東京訂了一份中文報，躲在廁所唸著故鄉的音訊。丈夫開始淡漠她，正如她淡漠他，雅芳第一次懂得同床異夢是什麼感覺，黑暗中，她望著丈夫的後背，覺得他是這樣陌生，陌生得像一輩子沒有碰過面的男人和女人，可是，他倆居然是夫妻！

丈夫索性搬到寡婦那住了，很少回到家裡來，丈夫又把那個寡婦請到店裡幫忙，寡婦處處操心，比雅芳更像一個女主人。有一天，電視上正好播出一則大陸人偷渡到福岡港口，被日本警方全部收審的新聞，喫拉麵的顧客都邊看電視邊議論紛紛，寡婦望了雅芳一眼，故意亮開嗓門說：「森田老板，你要小心呀！小心那些中國人躲到你家去，你家怕是有內應呢！」雅芳不願和她理論，丈夫的心早就和她一塊了，自己是孤單的，她忍住淚，裝作沒聽見。

雅芳給李春打過電話，可永遠都是電話局的回答器在重複著一句：「這個號碼已不再使用，請重新確認新的號碼。」

雅芳離婚了，因為丈夫一口咬定雅芳和他結婚是為了他的日本國籍和財產，婚後又和一個叫李春的中國小夥子勾搭，被他趕出店去。所以雅芳並沒有分到多少財產，她決定返回祖國，母親要她留在日本，擇良人再嫁，她沒有聽從，她不想按母親指定的路走下去，她捲起屬於自己的東西，回到了北京，她相信，北京比煙臺更適合她。

她在北京開了一家日本拉麵店，僱了好幾個職工，因為味道正，材料精，生意很是興隆。她不再恨拉麵了，相反，顧客都是自己的同胞，鄉情，鄉音，她似乎不再感傷。

有一天，她從樓上的經理室下到餐廳，看見一個男人的側面很熟悉，男人正和一位長髮垂肩的女人親親密密地喫著拉麵，男人挑起一隻大蝦，送到女人的碗裡……

呵！是李春！雅芳心頭真是千頭萬緒一起翻騰起來，她真想奔過去，告訴李春自己經歷過的一切。可是，她停下了腳步，這些年的風風雨雨使雅芳長成了一個成熟的女人，她遲疑了許久，看著李春和那個應該是屬於他的女人，終於轉過頭來，向樓上的經理室走去……

一切隨風而逝，一切隨風而逝，拉麵店的音響裡，一個香港走紅女歌星正在起勁地唱著……

表妹的故事

表妹夏小潔小時候長得像個醜小鴨，頭髮焦黃，還老也不肯長，我們一同留小辮，我都齊肩了，她的還硬邦邦地翹在腦後呢！母親說，這孩子不像夏家漂亮的姑姑，像她那脾氣古怪的父親。後來，小潔的父母離異，小潔一口咬定要跟母親，所以她跟我們一樣姓夏。女大十八變，小潔現在可漂亮了。據說，有一次導演找人拍戲，一眼看中了小潔，可我姑姑死活不幹，按我們夏家的傳統，小潔只好成了一條書蟲了。她是化學博士，這一點不值得驕傲，正像有人會打鐵，有人會種地一樣，在我們夏家，就會唸書，因為除了這一條人生之路，我們別無選擇，無權無勢的家裡，只有靠讀書求發展。

書唸多了的女孩子，找丈夫成了大問題，男人唸了書會多少增值，女人書唸多了就一定會貶值。小潔從大學時代開始，就被姑姑強行剝奪了戀愛的權利。大概是大四時，她和一個鄰系的男生有點意思，一同上過公園，還一同看過電影，這在當時是很前衛的事了，可最終被姑姑發覺，姑姑又哭又鬧，小潔膽子小，立即就鳴金收兵了。

後來，小潔來了美國留學，愛上了本系一個教授，偏偏這教授是人家的先生！有一次，她打越洋電話給當時在日本的我，她剛把事情說了一個頭，我就氣得呼地一聲掛斷了電話。這件情事結束得很快，因為隔了不過幾個月，小潔就給我來了一封長長的信，說她有一次在超市無意中看見教授和太太孩子一同買菜，一家人和和諧諧的樣子，她覺得受了騙，因為那教授告訴她的是另一種版本的故事，說他太太脾氣大，人難看，日子簡直沒法過下去。小潔轉了系，換了專業，人也大病一場。但幸好換了專業，一畢業，因為專業熱門，小潔立即尋到一份年薪頗高的工作，不過這時小潔已經三十歲了，她和公司的老美同事拍拖，姑姑和我母親立即結成同盟，一個勁地反對。母親說：「中國男孩子那麼多，說來說去，還是同文同種的好！」姑姑說：「妳要嫁老美我就不認你！」小潔拿不定主意，又來問我，我能說什麼？結果，小潔還是嫁了那個美國同事，山高皇帝遠，我母親和姑姑氣得表示不參加婚禮，不過她們那是虛張聲勢，這麼遠，她們就是想來也來不了呀！

婚後的小潔很少跟家裡聯繫，姑姑說，一定是老美六親不認，小潔也受了影響，好事不易學，壞事一學就會。母親也忿忿然，因為姑姑獨自撫養小潔長大，很不容易。

我來美國後，立即和小潔聯繫上了，我們通信，打電話，去年中秋節前，我還飛去維吉利亞州看望她，在她那住了一星期，發現表妹的婚姻生活，比我原來想像的更糟。

小潔沒有孩子，偌大的房子裡空空洞洞的，她的丈夫長得倒跟小潔匹配，年齡也相差不多少。因為我的英文別人一講快了我就不太懂，所以我和他並沒有深談。小潔特地提前休假在家裡陪我，丈夫依然每天去上班。小潔一直跟我談得昏天黑地，丈夫快下班時，才匆匆做點簡單的食物……

小潔的丈夫歸來，對我們胡亂做的飯一點不追究，坐下就喫，我對小潔說，妳倒挺有福氣的，烤個比薩就混一頓。家聲那個傢伙，嘴刁得要命，我天天三菜一湯侍候他，他還嚷著要上館子改善伙食呢！小潔嘆口氣說，我也想做呀！可做了還不是對牛彈琴，天天比薩，我的胃都填滿了，真想來一盤辣子雞丁呀！苦瓜燜肉呀！可他哪裡喫這個。我一聽立即充滿同情，妳說這人生日求三餐，夜求一宿，連喫都各搞一套，還有什麼樂趣嘛！我要小潔一家兩制，像我的同學里狄一樣，小潔慌忙擺手說，不行！不行！先前我倆分開各喫各的，他天天抱怨，說分喫還是什麼夫妻！差點打離婚，我只好妥協，反正我來美國也十一年了，無所謂！

夜裡，小潔一邊和我聊天，一邊忙著pay各種帳單。我說，我們家這些事家聲很積極，帳單一來就pay掉，生怕pay晚了要付高利息。

不想小潔聽了又一陣感慨，說，這是咱們中國男人的美德，餓死也不肯背債。可老美正相反，妳看我家這位大鼻子先生，什麼都想借債，信用卡刷刷地用，用完了也不著急pay，這個也想買，那個他也要，都是分期付款，我怎麼講也不聽，還不是伸著脖子朝銀行設下的圈套裡鑽嗎？

我一聽覺得有理，銀行的錢怎麼會白讓你借嘛！不過我不願意順著小潔的話說下去，便安慰她說，「妳是工程師，他也是，倆人都是高薪水，又沒有小孩子拖累，不用那麼精打細算的，以免夫妻不合。」小潔眼一低，說：「問題就在這，我們雖同一個公司，級別不同，我是工程師，他因只是大學生畢業，所以是個技術員，薪水比我少了快一半！我並不認為這有什麼了不起，當初嫁他我就想得透透的，我們中國人總要男的比女的強一點，可我想美國人不講這些吧？可沒想到他倒計較，心理很不正常，有時覺得他是白人，比我天生高一等似的，可有時又覺得他比我級別低，賺錢少，所以我一勸他節約他就會嚷道，『妳嫌我賺少了不是，妳還不是拿美國人的錢唸出來的博士，神氣什麼！』小舟，他這話傷透了我的心！我們怎麼拿了美國人的錢？美國的獎學金又不給外國人，我從教授那拿錢是幫助他做了試驗的！沒日沒夜的做，還要打餐館，這才把書唸出來，現在這一切都是我自己血汗換來的！再說我也不欠他什麼，我嫁他時公司早給我辦了技術移民，我們的結合是平等的！」小潔說罷，伏在桌上哭了。

我氣得打抖，恨表妹太軟弱，這種男人妳還和他過什麼！趕快離了算了。小潔淚汪汪地抬起頭說：「小舟，妳不要講給我媽她們老人聽，以免她們操心，一離婚，我媽肯定受不了。人家會笑媽，她一輩子好強，所以我也就得過且過……。」

從小潔那兒歸來，心情久久不能平靜，對表妹我是哀其不幸，恨其不爭。婚姻本是一個危險萬分的漫漫長路，要一帆風順真的很難。特別是異國婚姻，更是如此。我一直贊同中國女孩子盡量找中國男性，因為我們同文同種，又在異國他鄉，本身就有民族親情。親情加上愛情，這情便厚重得多。

我告訴家聲，明年春天我還要去看表妹，他說好呀！還差半年呢，機票就幫我預定了，還是中國先生說得清，道得明呀！

求婚記

九十年代的美國男士不再熱衷於求婚，求婚與求愛本來是一條道路上的兩個點，彼此很有些聯繫的。可如今的男士深受離異之苦，有錢的男士離婚，律師便窮追不捨地要他從財產中拿出一半給恩絕情斷的前妻，無錢的固然可以賴皮一下，可終歸是要捉拿歸案的，多多少少都要破費。既然美國的離婚率如此之高，那麼求婚的後果跟勞民傷財便大都扯在一塊，所以，如今的男士多求愛，少求婚，很少會有例外。

家聲服務的公司，PH.D.頗多，在美國，理工科的PH.D.（博士）還是非常值錢，一個罵死它，（英文Master，碩士譯音）年薪四萬美金就笑歪嘴，可PH.D.一畢業賺個五、六萬連嘴角都不肯扯一下。男士唸了PH.D.，找個太太是不成問題的，所以家聲托我幫他的同事，吉米博士找太太時，我真有點感到意外。那吉米，麻省博士，美國人，背不彎，眼不花，年方四十，正是男士大好年華，業餘愛好野一點，每週兩天下班後學開飛機，有墜傷歷史，可不過擦破一點兒皮。理財方面差一點，吉米喜歡鼓騰股票，美國人都愛這東西，吉米當然不例外，問題是他老是失敗，有一個股票理論家說，當滿街擦皮鞋的小孩兒都知道股票好賺錢，你就該賣掉你的股票，當街上有人因股價下跌破產跳樓的時候，你正應該去買股票，一句話高賣低買，可吉米反潮流而異動，丟了不少錢。吉米像所有的美國男人一樣，還有一條中國人認為是缺點的缺點，那就是有些小氣，朋友一塊出去喫飯，吉米馬上捧出個計算器，深怕多交一分錢。除了以上這幾條，吉米倒是頂合適的夫婿候選人，所以，我一口應承下來，又聽說家聲托我，是因為吉米二十五歲時，與一位四十多歲的女士披上婚紗，那女人氣壯如牛，稍不如意就追著吉米打屁股，活像老媽管頑童，吉米受此刺激，有心與溫柔的東方女子交往，我東奔西跑，明察暗訪，終於替吉米找了一個好女士。

這位女士叫美雲，是越南來的華裔，美雲本是西貢小姑娘，西貢被北越攻陷後，她父親被判了十五年刑，母親是個有膽有識的婦人，她用五兩黃金的代價，與四個兒女一同登上難民船，美雲記得她在船上飄蕩了三個多月，才到了菲律賓，可菲國不肯收留她們，不許船民登陸，美雲和哥哥倚在船上，多麼渴望一雙腳能踏上結結實實的土地呀！可菲政府堅持不許上岸，僵持了近半年，美國才派飛機把她們接到美國。小美雲在美國從初中一直唸到大學，美雲知道領政府救濟食品券是什麼滋味，美國的水果便宜得好像不是水果，梨子上市時，大家一箱箱往家扛，稍不新鮮就一扔，可美雲家不是，小小心心地把壞的部份削掉，送進口裡，閉起眼睛品味道。加上美雲家來美國後，一直住在越南難民集中的社區，她母親見到父親先前的長官，還會低頭順目致敬。所以，美雲儘管一口英語好流暢，骨子裡還是東方人，跟在本土長大的中國女孩幾乎一模一樣。

美雲肯定也有過戀愛史，可她不說，我也不好問，但三十八歲的美雲至今獨身……

美雲是會計，年薪也有三萬多美金。美雲自己買了一幢三居室的住宅，一層樓，前面有個小花園，美雲忙，花園荒廢著，鄰人不高興，說把鄰家的臉面也丟了，老美一貫重視花園，美雲在這片中產階級住宅區顯得有些寒酸。她有一日從我家門前經過，見我正揮汗如雨種麗葉菊，老美不太愛菊花，好大一盆才賣兩塊錢，我便樂顛顛地朝家搬，前花園通通種上白菊，黃菊，熱熱鬧鬧，偶而伸頭窺視前院，還真有點採菊東籬下，悠然見南山的詩意呢！美雲從此常來找我談菊，待到她的花園也一片菊海時，我倆便成好朋友了。美雲說她也好想找個好男子，把她娶回家，華人嘛！不興像老美那樣，獨來獨往不想成家，我從此便幫美雲留心，家聲笑我多管閑事，我就反唇相譏，說，要不是咱家表妹多管閑事，你能娶來夏小舟嗎？家聲不吭聲了，從此好像也偶而張羅一下幫人介紹對象，牽個線之類的事。

我跟美雲把吉米條件一一擺明，又拿出一張吉米跟家聲的合影讓她欣賞，美雲見吉米比家聲帥氣，抿著嘴偷偷得意。美雲老媽也知道了，說挺好，洋鬼子女婿名堂少，反而不難處。

我讓家聲在家裡開了一個大型怕提（英語Party）請了好多人做陪，美雲的眼睛直往吉米身上瞧，吉米卻常往別的女士身上瞧，我提醒家聲要警惕，家聲卻說，如此這般才正常，男人嘛！都是覺得別人的太太好，吉米不看美雲看別人，正是此理。我聽了從此把家聲看得好緊，美雲的事倒只好讓他倆自由發展。

美雲常來找我彙報，今天跟吉米出去喫飯啦！當然是各付各的帳，美雲還多交了一角九分，因為吉米沒零錢。明天倆人去爬山啦！美雲爬不動，吉米還摻著她的腰啦！多是祥和好消息。我聽了很高興，漸漸地，我去美雲家要事先通報，因為家聲有一天神秘兮兮地說，他看見一大早吉米從我們這個社區開車去上班，我說，美國這地方性開放，用不著擔心。家聲說，小舟妳趕快問一下美雲，吉米向她求婚沒有？不然美雲這麼大的年紀了，她可不能像二十多歲的女孩子胡鬧！我說，怎麼會胡鬧呢！吉米自然是要求婚的，我們中國人介紹對象，最終目的當然是結婚了。難道吉米是小孩子呀！他既然在美雲那過夜，說明他愛她，既愛她，便要求婚的。家聲說，不那麼簡單吧？如今這美國的男人，都喜歡過夜，不喜歡結婚的。

美雲雖說不常來彙報了，但我倆的電話一打還是長長的，美雲買了一瓶好牌子的眼角消皺水，一天兩次地搽。又厲行減肥，日見苗條，我便追問家聲吉米現狀，家聲說，好像變化不大，也許是男人更深沈吧！只聽說吉米股票做得好一些了，大概是蒙美雲調教：美雲是會計，自然會計算，我想，吉米會求婚的，會計算的女人男人不會不求婚的。

又過了兩個月，我從美雲家經過，發現小花園的草枯黃著，菊花也枯黃著，無精打彩地垂吊著乾透了的花朵兒，心中便隱隱地有些不安。果然美雲來找我了，一坐下，就期期艾艾地說：「吉米只求愛，不求婚，我看他是頂不負責的男人，我不想搭理他了！」我連忙安撫她說：「我看妳再等等好不？吉米既說愛妳，早晚會要妳的，妳知道愛這個字好重好重呢！男人肯說我愛妳，這個心就歸了妳，心既歸了妳，還擔心個什麼呢？」美雲眼角有些潮了，說：「小舟，妳才來美國幾天？不是我敢小瞧妳，妳實在是不懂多少這裡的事的！我先前也交過男朋友的，倆人粘粘乎乎好得像一個人，可到頭來，他就是不肯結婚！整天我愛妳的話倒常掛在嘴上，這兒的男人，哼！自私的很！所以我想還是介紹的好，大家是想結婚才介紹到一塊的，要是找情人，打個專線電話也就有了。不然我也不會有時間和吉米泡！還是想吉米既拜託妳們找太太，那他是有心要結婚的。也不知是我搞錯還是妳們搞錯，我見吉米好像並不是真要找太太的樣子，倒好像是找個女朋友似的。昨晚把他問個清楚，他說……他說……。」我急了，從沙發上彈起來，「他說什麼嘛！妳快說，不要他說！」「他說……他說……，他說他不知道中國人介紹個女人就希望有結婚這回事的。所以，他倒好奇怪我怎麼會逼他結婚。」

我忙把家聲拖來，他是一下班就鑽進房裡打計算機的，開始我還以為他是寫論文好加薪水，心裡美滋滋的，末了才發現他是打老貓捉老鼠的遊戲機，所以一見他鑽去打電腦就要罵，我一把拖出正計算老貓捉了幾隻老鼠的家聲，氣急敗壞地嚷道：「何家聲，吉米歸你管，美雲是我的事，美雲如今好傷心，你怎麼沒跟吉米講清楚，介紹他就是要他老老實實的和美雲過日子?!」家聲先愣了一會，但很快振振有詞，「吉米那美國佬的怪脾性我怎麼會知道？小舟妳怪我，我還要怪妳呢！妳一口咬定吉米會求婚，結果麻痺大意，貽誤戰機……。」我立即跑去抓電話機，氣呼呼地撥通吉米的號，我的英文太壞，所以很少敢跟老美打電話，可今天逼急了，先說了一個挺標準的哈囉，下面就亂來了。「哈囉，吉米先生，我是何太太，請問你為什麼不向美雲小姐求婚呀？」

沒有下文，好長久的空白，但終於我聽到聽筒那邊吉米的男低音，緩緩地，清晰地……

「何太太，對不起，我不懂妳的話呀！……」

男人和女人，愛的歸屬一定是婚姻，如果他（她）打定主意不和你走向婚姻的歸屬，那說明這種愛的純度不夠，一千句愛的許諾不如一句「請給我當太太（丈夫）」來得踏實。

我是春風你是雨

靜文是個很難快樂起來的女人，她的口頭上總掛著一句聽起來讓人感慨不已的話，「再過五十年，這世界上哪裡還有我和你？」也是的，靜文今年正好是四十歲，女人四十，這可是個要命的關口，意味著你臉上不抹些東西就羞於見人，渾身上下彷彿骨頭的縫都被歲月擠得滿滿的，你和男人的關係就像《儒林外史》中那個酸腐氣衝鼻的馬二先生遊西湖時一樣，馬二先生不望女人，女人也不望馬二先生，彼此都失去了吸引力。生了小孩子的女人，有她的煩惱，小孩正好半大不小，最難對付。沒有小孩子的女人，如靜文似的，也有她的煩惱，年輕時盼孩子是一個月，一個月的盼，怎麼說呢：每個月，到例假要來的那幾天，靜文就緊張起來，一趟趟上廁所，深怕短褲上會有紅的印子，一來例假，就說明這一個月的努力「做人」又失敗了。那種揪心撕肺的傷心，有孩子的女人是永遠體會不到的。但隨著自己的年齡一天天增長，靜文結婚已有十五年了，她便死了還會生小孩子的願望，心裡比較坦然起來，不過，年輕時沒有小孩，和丈夫的關係很像母子，她把疼丈夫，疼孩子的心都摻和到一塊了，夜裡會幫丈夫蓋被子，白天會哄他多喫一碗飯，丈夫呢，也和她一心一意過日子。他倆不串門，去有小孩子的人家，心情真是又羨又嫌吵得慌，他倆自己關起門來，和外界隔開來，靜文買來各種各樣的烹調書，光湯她就會做十多種，她變著花樣做喫的，豆芽裡釀肉她都試過，丈夫和她一塊燈下閒談，一邊打飽嗝，一邊懶懶地問：「太太呀！明天喫什麼？」看來，丈夫也很滿足靜文設計的日子。

靜文的丈夫是一個資深工程師，年薪少說也上八萬了，靜文先前在一家超級市場當會計，過不多久就辭了，她心想每日朝九晚五的日子很累人，何必呢！自家又沒有小孩，倆人工作交稅多，還不是自己累了讓那些不幹活的寄生蟲多領一些救濟，所以她憤憤地辭了工作，買了一幢三千平方呎的豪邸住起來，德州房地產便宜，所以靜文家就像一個大城堡似的，靜文每天洗呀！刷呀！自己便自己忙起來，她因為很少接觸社會，天底下就只剩下一幢房子和丈夫，所以一天到晚圍著這兩樣東西（當然，丈夫是個大活人）轉來轉去。

靜文的丈夫和靜文同歲，可男人經得住歲月的侵蝕，反倒比年輕時多了幾份成熟的美，男人的年華彷彿要到四十歲才真正開始的，靜文的那一套常掛在嘴邊的理論，他好像並不贊同，有時靜文梳頭，抓起掉在地上的頭髮給丈夫看，說：「還不服老呀！你看我這頭髮，一掉就是一大把！」丈夫瞅了一眼頭髮，拿起一份報紙走到沙發上一躺，說：「我也掉的，可這是自然規律，有時掉了還會長出新的來，勿要擔心囉！」靜文一聽，把梳子朝桌上一拍，氣哼哼地說：「做夢呢！還會長出來！人到中年萬事休，我意思是我們要服從年齡，多保養，花旗參多喫一點總是好的！」

丈夫走開去，在鏡前邊繫領帶邊端詳自己，把靜文送上的參湯默默地移開了。

靜文半倚在床上，手上無聊地翻著一本過時的舊雜誌，剛才鄰家太太敲開門勸她買一些郵購的時裝，「打半折呢！比店裡On Sale時還划算！」靜文擺擺頭，客氣地送走了她。四十歲的女人還穿什麼時裝！穿給誰看？摸摸自己的肚子，鬆垮垮的像個破了的皮球，腰也粗了許多，臉上左一道，右一道的，好像過的是風霜刀劍嚴相逼的日子似的，歲月真狠心呀！當年的靜文，小小巧巧的，精緻得像水晶女郎，碰一下都要小心。丈夫和她一同在外面走，總要敵意地擋住男人們射過來的熱辣辣的目光，英雄老矣，美人遲暮，這都是靜文親眼看到的事實，靜文想到這，又趕緊給自己的家庭醫生打電話，約時間去檢查一下身體，這半年來，她生活的重心就是醫生，醫院，儘管每次檢查結果都是沒有什麼問題，可靜文還是不放心，她的母親是患癌症去世的，所以靜文很擔心自己也會得這種絕症。她整天摸自己的乳房，頸下淋巴，檢查丈夫身上的大小痣，觀察是不是有癌症的前兆，丈夫很煩她，說：「去！去！

一邊去，我忙著呢！」靜文就氣得哭了，說：「人家好心關心你，好多癌症都是自己可以發現的，像你腿肚子上的那顆痣，如果顏色加深，周圍變色，又癢又痛，那就是惡變了！」靜文每天必讀書就是一本《家庭醫學手冊》，讀得十分仔細，什麼病可怕她就偏偏唸什麼，然後就往自己或丈夫身上套病症。她給自己和丈夫買了一大堆各種維生素啦，褪黑激素啦，逼著丈夫喫，天天早起、睡前一碗參湯。

有人勸靜文多出去走走，打打麻將也好，她去了幾次，一上牌桌就下不來了，於是常約著幾位也是從臺灣來的太太打。那幾位太太的丈夫在臺灣賺錢，當空中飛人飛來飛去，太太陪小孩子讀書，上午把小孩送走就閒得發慌，靜文在那些太太那得到心理滿足，因為大家誇她命好，不用操心小孩子的事，丈夫又守在身邊，而且還是高薪，這樣的福氣哪兒去找呀！靜文聽了暗暗有些得意。她的保養理論也頗得太太們贊同，是該保養呢！太太們一同喫館子，一同購物，有時興頭上來了，打麻將一打一通宵，靜文對丈夫不像先前那般關切了，丈夫也很樂意她有了一幫談得來的女友。

靜文的牌癮越來越大，週日也相約著去打，輸了就掏錢，乾乾脆脆的。丈夫一見她又要出門打麻將，有時會說她兩句，靜文不理他，逕直就鑽進汽車一溜煙地跑了。有時打晚了，她會記著給丈夫打個電話說一聲，但電話常常沒人接，電話鈴聲一遍遍寂寞地響著，靜文有些慌了，太太們叫道：「莫要那麼纏老公嘛！我們的老公在臺還不知幹什麼呢！自己得樂且樂！」靜文悻悻地走回牌桌，一下子就忘記了一切……

靜文夜裡歸來，丈夫已經睡了，她悄悄地洗個澡，躺上床去，她覺得丈夫沒睡著，於是便用手輕輕捅他，丈夫翻過身，在黑暗中定定地望著她，說：「靜文呀！有句話我想了一段時間了，只是不願講出來，忍了這麼久，心裡憋得慌，我想，還是說了吧……」

聽了丈夫的話，靜文一驚，立即從床上坐了起來，丈夫也起來了，拉開燈，披著睡衣，早已戒煙的他不知從哪裡摸出來一盒駱駝牌香煙，靜文注意到丈夫點煙的手在微微顫抖著。

「靜文，我在外面有了新的女人，時間不長，只有四、五個月的樣子，不過感情已經很深了，我想我們還是分手吧！在一起，彼此都不快樂……。」

「什麼！我並沒有不快樂呀！你怎麼這麼糊塗，這麼沒良心！這麼……不要臉！你這是逼我死，我索性死了你再讓那個女人進我家的門！」

「靜文，妳冷靜點好不好？跟妳在一起，我感到沒有希望，沒有活力，沒有理想了，才四十歲的人，卻彷彿已經活到頭了，整天參湯呀！補藥呀！打麻將呀！日子實在過得沒有意思透了！」

「你不要講這些花言巧語，一句話，你是喜新厭舊，嫌我老了，去找一個更年輕的女人罷了，你不要當我是笨蛋，這點花樣我還是能看破的，人家都講中年夫妻會有婚姻危機，這不應驗了嗎？反正這個世界是為你們男人設計的！我們女人，總是命苦的，我都四十歲了，留不住你的心，所以你要到外面尋花問柳！」

「不要這麼看嘛！我並不是尋花問柳，她的年齡說出來妳都不信，已四十四歲了！可她的心年輕，在她那，我沈默多年的激情又活躍起來，覺得人生還很漫長，我還可以活得更充實一些，靜文，求求你，放我走吧！」

「四十四歲的老女人還敢跟人家的丈夫偷情！我都替她害羞！黃土都埋了半截了，還談情說愛，真噁心！你要走就走，我不攔你，攔也是白攔，只是你要給我多留一些錢！」

「這些我會考慮，安排好的，靜文，你放心！她並不在意錢。我們真的是心靈相通……」

靜文不答腔，走到窗邊，猛地一拉窗夜風就灌了進來，把她的頭髮吹得飄了起來，丈夫遲疑了一下，走了過來，把靜文攬在懷裡，說「靜文，我真的很難過，我也許不該這樣做，妳活得很悶，妳是一個可憐的女人，我怕是個自私的男人，我不想隨著你一同沉下去，我盼望新生！」

靜文無力地推開丈夫的手，走回床前，埋頭大哭起來。

第二天，丈夫一早就上班去了，靜文從他的外套中掏出一張情書，淡綠色的紙只有一行娟秀的字跡，「我是春風你是雨，相依相愛永不離……。」

靜文把它細細看了幾遍，又塞回丈夫外套的衣袋裡，她想，一個四十四歲的女人，居然還能寫這樣的句子，靜文也寫過的，那年她二十一歲。

靜文開始清理東西，她不想在這兒住下去了，她帶走了所有的花旗參，維他命，她輕輕地帶上門，自己對自己說，「他們還很年輕，可是我已經老了。」

流連

張成豪拿了綠卡之後，興衝衝地飛回大陸，找了一個有名，有貌，好像也有些錢的女人結婚，這女人是一家地方電視臺的主播，二十八歲了，依然鮮亮動人，如同十八少女。張成豪替她辦了2A類綠卡配偶移民，就戀戀不捨地飛回美國，那是九四年的事。他問移民官，也問移民律師，他們都肯定地說排個兩年隊就輪到了。張成豪想想也對，美國政府最講人權，怎麼會讓小夫妻長期分離？況且自己雖是綠卡，但從來沒有少交過一文稅，納稅人卻沒有選舉權，這本來就不公平，不過這也罷了，但總不能不讓老婆來美團聚吧！兩年已夠長了，新婚別，已是人間慘事，但這也無奈了，誰要自己眼巴巴地想留在美國呢！

說來可憐，2A類的移民進度像蝸牛在爬，張成豪望眼欲穿，恨不得到白宮前絕食抗議！可誰理睬你？張成豪一個人形影孤單，可以朝夕相處的，便是他的房東太太了。

房東太太叫戴娜，大約四十一、二歲，她嫁了一個美國先生，比她大了二十多歲，老夫少妻，好起來好得如魚似水，吵起來又吵得驚天動地。後來丈夫去世，戴娜和丈夫與前妻生下的兒子打了三年官司，這才把一幢十分寬大的房子歸到自己名份之下，幾間自己住，另一間租給了張成豪。

戴娜對張成豪這樣的房客很滿意，張成豪是一個工程師，在公司任職，離開學校不久，張成豪還有些學生的天真和誠實。每月按時交房租不說，房間也愛惜。張成豪沒有什麼朋友，一到週末便睡得遲，起得遲，然後是打電話，電話是和戴娜合用的，要經過她的線，戴娜聽見張成豪和他太太互訴衷情。太太在電話那一頭哭，張成豪在這一頭哀聲嘆氣。戴娜心生同情，見到張成豪時，會說，來我這喫雪豆炒瘦肉吧！我還有麵筋燜筍片呢！張成豪高興地來了，戴娜幫他盛飯，看著他喫，張成豪感激地連聲說謝啦！戴娜說，你要是不嫌棄，就在我家搭伙，反正我也是一個人，做兩個人的飯比做一個人的飯還容易些。張成豪說，那就太好了，我交飯菜錢，勞力錢，戴娜說，隨你便。於是，戴娜每天做早飯和晚飯，中飯張成豪在公司喫。

戴娜是華人，只是來美國久了，有些洋化。她承認自己是持旅遊簽證進美國的，為了留下來，便匆匆嫁了個美國老頭。戴娜不記得自己這一生有過什麼愛的體驗，她是個很現實的女人，也很能幹和獨立，她有很精明的頭腦，對投資地產，股票都很有心得，但對男女之事她卻沒有什麼興趣，她認為女人嫁男人，無非是自己太弱，要尋找一個依靠，如果女人自身很強，何必嫁人呢！丈夫死後，也有不少熱心人要給她介紹，她不是不積極，就是乾脆一口回絕了。所以，張成豪住進來時，有人打趣她說：「獨男寡女，莫要上演愛情劇喲！」她聽了在那人的背上重重地拍了一下，說，「我沒這份心腸！他若有，也是白搭！一個巴掌拍不響！他就是鑽到我房裡來，我也會用勁推他走！」聽這話的人都笑了，知道戴娜說的是真話。

戴娜長得一點都不出眾，她曾自嘲說，只有老美才會娶她，因為在老美眼裡，東方人大概都差不多，好些老美找的中國太太都是中國男人挑剩了的。可戴娜很有活力，她每週三次去健身房，渾身的肌肉緊緊的，乍一看，還以為她才二十來歲呢！健壯的房東太太精力充沛，而張成豪卻是一個手無縛雞之力的男人，他是被書糟蹋了身子，一唸幾十年，唸得頭昏眼花，在公司做的是電腦工程師，也是用腦不出力的，所以一回家，他就感到很累。戴娜正好英雄有用武之地，不光管伙食，還連帶洗衣、燙衣、打掃房間。張成豪過意不去，要多加房租，戴娜倒氣了，說：「我又不缺錢，只是可憐你罷了！太太來不了，一個人多可憐！」張成豪心中一陣難受，說：「你其實也不容易，你又何嘗不是一個人？一個女人遠離祖國、親人，也夠可憐的！」張成豪一番話說得戴娜差一點掉淚，她拼命忍住淚，心裡卻想到，這張先生是個有情有義的男人呢！

晚飯一塊喫，喫完後，戴娜洗碗、收拾，張成豪在一旁靜靜坐著，打開電視，卻又似看非看，似聽非聽。冬天的夜裡，戴娜燒起火，倆人坐在壁爐旁，說些綿綿長長的話題，戴娜問張成豪為什麼要回大陸娶妻？張成豪說：「我是考托福從大陸來美國唸書的，學校裡女同學不多，當學生時生活很艱難，哪裡敢談情說愛呀！好不容易畢業了，找了個工作，一步步穩定下來，才發現自己三十好幾了。我媽說回大陸找吧，什麼樣的姑娘任你挑，果然，我們一去紅娘介紹所，那電腦一打，盡是些又年輕，又漂亮的女孩子，還指定要找海外學人。我回國探親的時間很短，匆匆忙忙的，根本談不上了解，男人嘛！當然是挑最好看的啦！外貌是一眼就可以看到的，可內心卻要長期了解，我的時間不允許我停留太久，所以我和太太前後二十多天就結婚了。」戴娜說，那是閃電式呢！火光中，張成豪看見戴娜的臉上有幾顆疏稀的白麻子，鼻樑扁扁的，張成豪決定不拿出自己漂亮太太的相片給她看，何必傷她的心呢！

張成豪出差到外州時，戴娜突然領悟了寂寞的滋味，一個人覺得到處都空蕩蕩的，連同她的心。張成豪也匆匆地朝家趕，儘管戴娜只是一個房東太太，可是她卻給了他家的感覺。

有一次，張成豪正在浴室洗澡，突然電話鈴大作，戴娜一接是張成豪的太太打來的，因是越洋電話，戴娜慌忙叫張成豪來接，張成豪一下衝了出來，慌亂中只顧披了一條毛巾，男人的秘密暴露無遺，他坐在椅子上接電話，用毛巾拼命蓋住自己，戴娜走過來，扔給他一條短褲，再別過身去，回到自己的房間，她掩上門，坐在一個鏡子旁，仔細地端詳自己，她發現自己的臉紅得不能再紅，她恨恨地罵自己沒出息，站起來走到浴室洗了一把臉，又回到房間，愣愣地注視著窗外那一株大前年種下的白樟樹，她看見樟樹幹上有一個個淺黑色的小孔，很像是一對對警覺的眼睛。突然，她看見門慢慢地推開了，張成豪默默地走了進來，戴娜做了什麼自己也不知道，只知道她沒有拒絕他。

張成豪離開戴娜房間時，天色已經完全暗了下來，戴娜梳好凌亂的頭髮，到廚房做飯。她煮湯時卻扔了一把糖，切菜時又傷了自己的指頭，她忍住疼痛，把指頭放進口裡吸著，鹹腥腥的血順著喉嚨流下去了，她第一次有些心疼或者說是可憐自己。她把菜飯端上桌子，輕輕走到張成豪的房前，她發現張成豪沒有開燈，好像是在床上躺著，又好像不是。她遲疑了一下，扶著門檻無力地說了一句，「天晚了，張先生您餓了吧，飯做好了。」張成豪沒有吭聲，戴娜便自己回到廚房，食不知味地喫了一頓飯。張成豪始終沒有出來，直到半夜，戴娜才聽見他起身到廚房找喫的。

第二天早上，戴娜比平時起床晚了一些，而張成豪又起早了一些，所以戴娜早上起來時，並沒有見到張成豪。下午取郵件，信箱裡有一封信，是張成豪的太太寄來的，信很厚，放在手上沉甸甸的。戴娜發現信封貼得不牢，她很可以偷看一下的，可她想了想，反而找出膠水，把信貼得更牢一些。

晚上張成豪歸來，戴娜把信和當天的報紙交給他，張成豪一聲不吭，又把自己鎖在房間裡了。戴娜一個人很傷心，心想，又不是我勾引你，是你來找我，戴娜很後悔自己沒把他推出去，像她跟朋友們誇下的海口那樣。

兩人之間的冷戰堅持了兩個星期，一天傍晚，張成豪又走進了她的房間。戴娜忍不住哭了，她沒有罵他，也沒有推開他，但她狠狠地在他肩膀上咬出一道牙印子，張成豪疼得哇地叫了一聲，反而更抱緊了她……

窗外的雨突然下了起來，戴娜要起身關窗，張成豪不讓，戴娜氣了，一下子跳下床，說「你真討厭！」可是，她並沒有去關窗，而是回到床上，把頭埋在男人的胸前，她知道她愛上了張成豪，而且，她的愛比他真誠。

第二天她又睡了個懶床，起來後，發現張成豪已出去了，餐桌上有一張字條，她慌慌張張地奔過去，碰倒了一盆盛開的秋菊，只見字條上寫著幾行字，她拿起來一讀，立即差一點昏了過去，「戴小姐，我對不起你，打破了你平靜的人生，我很該道歉！我搬到一個朋友家去住，房租我會寄支票來，你另尋房客時千萬不要找一個像我這樣的男人！」張成豪走了，走到哪兒戴娜並不知道，有時戴娜會坐在窗前，想想他在這兒的情景，覺得那是一場夢，或者是一個幻覺，世界上並沒有一對曾經偷情過的男人和女人，那一切都是因為自己太寂寞生出來的幻覺。

可是戴娜卻變了，變得像一個易感的小女人，風刮過會去看一下有沒有葉子落下來，花謝了會惋惜萬分地做一個土丘，把花瓣埋起來，看愛情小說會陪著男女主人翁去愛、去恨。她也懶得去買股票，心想錢薄如紙呀！反正自己又不十分缺錢花。

偌大的房子就這麼空著，朋友勸她再招房客，她擺擺頭，說懶得麻煩。張成豪走時，匆忙之中遺漏了幾封情書，是他的太太寄來的。

她也在寫，可是永遠沒有寄出。

離婚的自由

我是一個曾經離異過的女人，可以說，在我走過的人生旅途上，那是艱辛痛苦的一程。貧窮，可以忍耐；疾病，可以療治；失敗，可以努力，可是婚姻的破裂，那一種摧心撕肺的傷痛卻永遠伴隨著妳，妳擺不脫，扔不下，因為它是一個深深的烙印，嵌在妳的人生裡了。所以，我不願看見任何人走向離異，我常常扮演著和事佬的角色，像個最守舊的女人，說：「一夜夫妻百日恩呀！天上下雨地上流，小倆口打架不記讎，白天喫的一鍋飯，晚上睡的一個枕頭……」我欣賞那種天長地久的愛，天長地久的和諧。看見或聽見某人升官，某人發財，我是不為所動的，可對於那手挽著手，在人生道路上互相攙持了一輩子的男人和女人，我會湧出欣慰、羨慕的眼神。做為一個女人，婚姻的平靜、幸福也許勝過一切。

過去，在大陸，離婚是件幾乎人人可以過問的事。法院設有調停委員，他的工作就是千方百計地阻止離婚。鄰居、同事也可以一整天地坐在當事人的家裡，力阻一切想離婚的苗頭。

我在北京師大教書時，系裡有一位教師想離婚，他太太便找領導哭訴，領導關切的心情就好像自己的太太要鬧離婚似的，立即動員了一切可以動員的力量，去說服，甚至也可以說是壓迫這位教師回到家庭去。好多年以後，我問起這位教師的現狀，人們告訴我，他和太太夫妻恩愛，再也不提離婚了。可見，有些婚姻的確需要外界的干預，適當限制離婚的自由很多時候是件功德善事。

日本是個男尊女卑的國家，男人擁有不少特權和自由。可是在離婚上，日本卻是一個十分謹慎的國家，它不允許人們擁有太多離婚的自由。有一個六十年代的日本電影，描寫一個男人的婚外情，這位想離婚的男人在法庭周旋了近二十年，才甩脫了妻子。我也認識一位日本教授，為了得到離婚的自由，不得不離開日本，因為日本的家庭裁判所在受理他的離婚申請時，發現他妻子患了癌症，於是裁判所拒絕了他的申請，他到美國後，三個星期就辦妥了離婚，因為在美國，離婚是擁有完全的自由的。

如今的大陸，離婚已經沒有任何阻力，雙方同意離，當天就可以離。一方提出離，拖上幾個月也能離。人們不再過問此事，彷彿很後悔過去那種勸合不勸離的古訓，離婚成為時髦，對別人的感情破裂不聞不問成為所謂的開明。大陸的離婚率這幾年上升得很快，人們幾年不見，見面第一句話竟是：「還沒離呀！」而大多數離婚的起因都是因為外遇。如大陸南方的著名旅遊城市桂林一天受理離婚申請達百件以上，其中三分之二是男方提出的，有時甚至第三者跟在後面一塊參與離婚的申請，在法院大吵大鬧說，「他們一塊過不下去了，趁早判他們離！」這些男人大都是在舞場與第三者認識的，妻子由於下班後要料理家務，丈夫則比較有空閒，喜歡到舞場跳交際舞，桂林的舞場很多設在公園裡，分文不收，桂林人形容說，「一場舞認識，二場舞約會，三場舞找太太離婚。」兩年前，我回桂林探親，我的小學同學中有六個人已離異，她們說，社會的誘惑力太大了，特別是事業有成的男人，成為某些女人的獵物目標，千方百計擠進別人家庭的第三者大都比太太年輕，懂得所謂生活情趣。過去，第三者的插入受到社會一致指責，法院也不輕易判決離婚。因此，結果往往是拖了幾年後，男人又重返家庭。可是現在不同了，離婚往往速戰速決，有些男人在組成新家庭後對前妻和子女有沉重負疚感，自覺良心上受到指責，但木已成舟，於是新組家庭中又埋下了不和諧的種子。

大陸目前有一流行語，說是人生有三樂（專指男人而言），一是升官，二是發財，三是中年喪妻。過去，有句老話，人生不幸是少年喪母，中年喪妻，老年喪子。中年喪妻對男人的打擊是很大的，可是現在中年喪妻被視為人生至樂了！因為人到中年，丈夫大都事業有成，而步入中年的妻子往往已紅顏不再，所以中年喪妻的男子正好有機會去重新選擇一個更年輕、更漂亮的太太！這是多麼畸形可怕的心態啊！可是，在當今大陸，這的確是一個顯著的社會現狀。

家庭是社會穩定的基礎，中國幾千年來的一夫多妻制是不文明，不道德的，是社會的變態。當社會日趨文明的時候，一夫多妻制也就自然瓦解了。可是，一些男人便尋找婚外情，不負責任地輕率離婚再娶。他們不安分於一夫一妻，想尋求更多的刺激。這種私慾是應該受到道德的約束的。

英國女王的兩個兒子都在鬧離婚，小兒子已經結束了婚姻關係。戴安娜公開指責查理王子和別的女人有染，說，「在婚姻的道路上，三人並行是太擁擠了。」竟有些人認為戴安娜不該這樣說，因為昔日的皇帝、太子誰不是六宮粉黛三千？不管王室內幕如何？我想，婚外情都是導致婚姻破裂的大敵。從這個角度來說，戴安娜的指責不無道理。

人們有離婚的自由，這同樣是社會進步的表徵，是值得肯定的。但這個自由的限度有多大？是不是在自由的大前提下應該有所約束，我想這一點不能不引起我們的深思。

愛的失誤

陳學昭是三十年代、四十年代時一個很有名氣的女作家。我看過她當時一些相片，驚嘆於她的美麗和氣質。她有一雙大大的、近乎深邃的美目、一頭天然的捲髮。和蕭紅這些曾經窮困潦倒的女作家不一樣，陳學昭出身在浙江海寧一個有錢的人家，二十多歲時，她就赴法國巴黎學習，主修文學和音樂，彈一手好鋼琴，同時還是大公報的特邀駐歐記者，她本來是一個有冰心一樣的家教和學養，有張愛玲一樣的才華和抱負的女人，可惜因愛的失誤而毀了一生。我的母親很喜歡拿她的人生故事來教訓在婚嫁問題上企圖我行我素的女兒們，所以，我少女時代便對她的人生充滿同情，也充滿害怕的情結，很怕也像她一樣，因愛的失誤而喫那麼多苦。

陳學昭在法國留學時，身邊有三個男士在愛她，她也在三人之間一直舉棋不定。一個姓許，是她同學的哥哥，也是她的初戀，她和許在上海時便有一段舊情。一個姓蔡，是著名教育家、大學者、曾任職北京大學校長、教育部長的蔡元培先生的公子，當時，他在法國學物理，是一個很優秀的學者。還有一個陳學昭稱他為H，我從任何關於陳學昭的史料中都沒找到H究竟姓什麼的記載，所以也只好按陳的說法，稱他為H，H是學醫的。陳學昭的才華和美吸引著三位男士，許的追求衝動而脆弱，記得許也是學音樂的，他的人格有些憂鬱。蔡的追求最深沈和含蓄，他從來沒有公開向陳學昭求過愛，但他卻愛得最深，愛了整整一輩子。H的追求最主動，帶有進攻性，他軟硬兼施，有時哭著，跪著求愛，陳學昭終於嫁了他，因為H說，陳不嫁他他就要去死！當時H犯著很嚴重的肺病。陳學昭和他住到一起，而且很快懷孕，生下一個男孩。許萬分失望，與一巴黎女郎結合了。有一次甚至碰見過陳學昭，他沒搭理她，和那法國女人匆匆而去。陳學昭認為許是一個好人，是她負情於他。蔡的內心一定更痛苦，但他什麼也沒有說，他曾問陳學昭為什麼要嫁H？要把人生和一個自己並不十分愛的人扯到一起，陳學昭說，「愛也是犧牲，H沒有我，他活不下去，一定要毀掉自己。所以我嫁他，是想救他……」

聽了陳學昭的話，蔡默默無語，黯然離去。從此，蔡再也沒有愛過其它任何一個女人，他終生未婚，成為一個非常有成就的物理學家。蔡和許都在法國度過了一生，而陳學昭卻跟隨H回到中國，因為水土不服，在法國生下的男孩病逝，使陳學昭心中十分悲痛，後悔不該回國。H自己開了醫院，當院長，這使他與在法國時判若兩人，他開始與女護士偷情，被陳學昭發現，強迫他辭掉女護士，H對陳學昭非常反感，認為陳學昭依然愛著蔡，夫妻之間矛盾日深。後來抗日戰爭爆發，H又帶著陳學昭去了延安，在延安，H依然有對陳不忠的行為，甚至給陳餵錯藥，害她差一點死去。於是兩人徹底鬧翻，當時許多要人都出面處理陳的家事，如周恩來夫妻，李富春夫妻等。但陳執意離婚，她帶著女兒離開H，後來H再婚，並且做了很大的官，如副部長之類的官。他曾率團到法國訪問，臨行前，故意讓陳學昭知道此事，來刺激陳學昭。因為，他知道陳學昭的確依然愛著蔡，而蔡更幾十年如一日，在等待陳學昭的歸來。可是，陳學昭始終沒有機會再到法國去，因為她和蔡的愛情，反而成了她不得出訪法國的原因。五十年代時，陳學昭曾有一次機會隨婦女代表團訪問法國，當時她激動萬分，可就在臨行前幾天，突然禁止她隨團訪法，原因當然是因為她與蔡的感情。於是，陳學昭非常悲憤，表示自己不會私事公辦，此行並無個人目的，但是，她還是再也沒有登上法國的土地，與年輕時相愛的人再聚。五十年代後期，她被打成右派，赴法與蔡一晤的夢想便隨之而永遠逝去了。蔡曾想回大陸定居，但也不知什麼原因，未能成行。陳學昭帶著女兒，孤獨地度過一生，她著有長篇小說《工作著是美麗的》。其中以自己為模特，寫下一個大時代中小婦人的愛的失誤和悲劇，令人讀後無限感慨！她曾把此書托人帶給法國的蔡，不知他又作如何的感慨！

愛之於女人，實在是一生中僅次於生命的事，愛的失誤，換來的一定是悲劇人生。

山野之謎

這是一個聽來的故事，它藏在我心中已好些好些年了。雖是聽來的故事，而故事的女主人公我卻是認識的。

我的父親是一所地質大學的教授，地質大學的校門口有一組塑像，幾個胳膊粗壯，渾身透露出活力的男青年握地質錘，肩挎地質包，向每年跨進大學的大學生們行注目禮。我好奇怪，怎麼就沒有一個女的？母親笑了，說：「女孩子家，誰學地質呀！一年四季在深山老林中泡，下山背一包大石頭！」也真是的，這地質大學女學生少極了，所以有一個叫韓碧玉的女孩子就格外引人注目。

韓碧玉可不是一般的小家碧玉，她的祖父母據說是很顯赫的人物，可四九年這個大家族逃的逃，死的死，徹底衰落了。韓碧玉這樣的家庭背景的人當然只好挑冷門大學，她能進地質大學，也是她的福氣呢！

韓碧玉高高瘦瘦的，她是蘇州人，江南風格的美女。頭髮格外地油黑，皮膚格外地細膩，洗得發白的布衫穿在身上也是好看的。她愛笑，一笑開了就忙用手去掩住，大大的眼睛望人望物都很專注，小孩子走過來，她便彎下腰，任長長的髮緶委地，親切地和孩子打招呼。老人過來，她便停下腳步，笑得甜甜地致意。母親講，韓碧玉是典型的大家閨秀，如今不多見的。

一晃四年，韓碧玉畢業了。母親說，她分配到南京的伏牛山地質隊去了。南京，總是江南吧，分得不錯呀！大家都說。可父親講，還是深山老林呀！伏牛山很大很深，一直延綿到河南境內呢！這麼纖細的女孩子，受得了嗎？

後來，大家便忘了韓碧玉。地質大學每年會有一些女孩子進來，一些女孩子畢業，可再也少見韓碧玉那麼美的女孩子，只有在這時候，大家便會記起她，都說，「哪裡比得上韓碧玉呢？」

文化革命中，大學整整亂了十年，白髮蒼蒼的老校長被揪出來，在烈日下曬了整整一天，有人給了老校長兩個耳光，說：「你貪戀美色，把韓碧玉那種家庭出身的人也拉進大學來！」老校長很惆悵，他一定忘記誰是韓碧玉了。再說，大學招學生，也不是他說了算數的呀！可大家又都想起了韓碧玉，說她的確是很迷人的。

文革結束後，父親帶著學生去南京伏牛山實習，回來後就帶回了韓碧玉的故事。

韓碧玉原來早就有相愛的男朋友的，男朋友學造船，在上海交通大學唸船舶系，和她一樣，也是家庭歷史很複雜的。韓碧玉到南京伏牛山地質隊後，她就和男朋友結了婚，一年二十天探親假，少是少了點，可大家不都這樣麼？地質隊一年四季在山間風餐露宿，男人就是有老婆也不便帶在身邊的，所以韓碧玉結了婚還是一個人。她調進上海那無異是做夢，地質隊從來都是只進不出，不然，能不動搖軍心？她丈夫來伏牛山也是笑話，一個學造船的，跑到大山溝裡白混飯喫呀？地質隊可沒這閒飯餵他。韓碧玉人緣好，所以身邊一大群朋友，自然都是男人，老老少少，都愛下班後去她那坐坐，女人的屋子，就是不一樣，玻璃瓶裡伸出幾枝野花，床頭上一幅山水畫兒，小桌子前一方小圓鏡兒，都使這群地質佬兒感到溫馨。

時光悠悠地流駛，山野綠了又黃，黃了又綠，突然聽說韓碧玉的丈夫找到地質部的大官兒，竟要調到伏牛山來了。韓碧玉臉上淺淺的笑意從早到晚拂不走，她端著一大桶衣，穿著鮮紅的塑料拖鞋，露出白皙圓潤的腳丫子，在野草蔓蔓的溪頭搓洗。黃昏了，便匆匆地回到駐地，山上有狼，有豹子。她也提著竹籃，一個人到樹林子裡採春的蘑菇，秋的榛子，夏的草莓。草莓分給大家喫，蘑菇便曬起來，留給丈夫來了燜野兔子肉呢！榛子也曬好了，等丈夫來了，坐在燈下，嗑著榛子，說些細細碎碎的話。

可沒有多久，韓碧玉的快樂就消失了，人們看見她被喚去接她丈夫打來的長途，地質隊就這麼一部電話，細心的人們聽見她手握電話，低聲地申辯著什麼，離開時，臉上的淚水兒像斷了線的小珠子滾落著，摔在地上，碎了。

當第一場初雪飄飄灑灑地來到伏牛山時，韓碧玉把自己吊死在房樑上，沒有留下隻字片紙。地質隊炸開了，素日裡豪邁慣了的地質佬們都傷心極了，派人星夜下山，一是給韓碧玉的丈夫發電報，二是從山下的村莊請來幾個上了年紀，經過事的村婦，替韓碧玉梳洗裝殮，她乾乾淨淨一個好女人，總得讓她整整齊齊，妥妥當當地走呵。

韓碧玉的丈夫來了，這是他第一次進伏牛山，大家見到他，都不免有些失望，原來韓碧玉的丈夫倒是很不出眾的模樣，更要命的是，他自己看不出有多少傷心倒不說了，誰傷心他就把誰死死盯著，像看一個賊似的。地質隊的掌事的人問他，是不是把韓碧玉運到縣城的殯儀館火葬，由他把骨灰領回去，也是夫妻一場的情份，他說不必了，就地埋了吧。

韓碧玉就由地質隊做主，葬在伏牛山裡了。松濤、野草、山澗、岩石，原是她的所愛，隊裡還刻了一個石碑，寫著：「地質隊員韓碧玉之墓」。清明時節，食堂的大師傅還特意蒸上一些白呼呼的饅頭、包子去給小韓上供。

第二年，地質隊要轉點了，有人惦記著小韓，說小韓一個人躺在這多寂寞孤單呀！她那丈夫一塊冰似的，不懂事。可小韓總還有其他親人吧，通知一下問問意見，是把小韓留下呢，還是拾了遺骨火化了葬回故鄉呢？果然，韓碧玉的姐姐拖著倆個孩子找上山來了。

姐姐比韓碧玉大了十多歲，很有主意的樣子，她選了一個晴和的日子，指揮大家給韓碧玉遷葬。大家一打開墓，就都傻了眼，怎麼沒有了人頭骨呢？當時下葬時好好的呀！有人說山上野物多，是不是讓狼叼走了。小韓的老姐姐一聽就哭開了，哭妹妹可憐，拋骨荒山野嶺，鬧得個屍骨不全。地質佬們都低下頭，想想也都落淚了。

又過了些年，地質隊一個好小夥子病得很重，小夥子畢業於北京地質大學。當年他和韓碧玉來自一南一北兩所地質專業名校，是地質隊的技術骨幹，如今一亡一病，隊長好不傷感，便派人星夜把小夥子送下山，乘特快火車到南京住院。一診斷是胃癌。唉！地質佬常年冷飯冷菜，得這病也是命中注定。不出三個月，小夥子就死在南京了。

人們整理小夥子的遺物，發現了一個頭蓋骨，用紅綢布包著，整年累月地躺在小夥子的枕頭邊。不用說，大家都知道這是誰的。

人們沈默了，任是誰，也想不出韓碧玉生前和小夥子有什麼？人們嘆口氣，什麼也沒有說，實在也說不出什麼。

有些事，無論對於生者，還是死者，都永遠是一個謎，謎本身比謎底精彩。

離婚

蔡依娟跟夫婿陳宗仁鬧離婚已經鬧了兩年多了，依娟找的是華人律師，宗仁找的是美國人律師，兩人明明都聽說過一個笑話，說的是有一位律師家裡無錢添置新傢俱，太太嘟著嘴抱怨，律師便寬慰太太說，莫急，莫急！我現在正在接手一個離婚案子，等我拆散了別人的家再來建設我們的家！可依娟和宗仁還是把錢往律師那照送不誤。

官司一拖兩年，兩人都有些累了、倦了。依娟住在公寓裡，宗仁住在一個朋友家。他倆原來一同購下的房子卻空著，依娟要賣掉它，宗仁要出租它，兩人意思不統一，還有一些雜碎小事也是各執一端，所以婚總是離不成。依娟在一家中國餐館當女招待，這家餐館在本城口碑極佳，有幾個招牌菜，像椒鹽魷魚啦！鐵板牛柳啦！真是把人的口水引誘得老是沒出息地想往外流，而且價格又還算合理，所以總是賓客滿門。

宗仁是一家電腦公司的程式設計師，公司沒有食堂，他如今成了準單身，所以常到外頭喫飯館。他知道依娟上班的店菜的味道好，所以很想去那喫，可又不願碰見先前的太太，如今的冤家，弄得他很痛苦。每次去，他都先在店門口偷偷張望，看到依娟不在，就滿心歡喜，一屁股坐下來，神氣十足地用手指敲打著桌面，吹著口哨欣賞菜單。但人算不如天算，常常是剛坐下，依娟就手托菜盤、扭著婀娜多姿（這個詞是當年他追依娟時用過的）的細腰大臀從廚房晃了出來，宗仁慌忙用菜單掩住自己的臉，裝做近視把菜單放在鼻子前研究。那依娟是什麼人？早把他看在眼裡，恨在心頭，她故意走到他的桌前，把菜單拍得劈拍響，壓低聲音說：「房價又昇了！你候著不賣，讓錢白白流走呀！你不心疼我還心疼呢！你倒好，喫喝玩樂上館子，我呢！腿都站腫了，你……你……」依娟說不下去了，頭一低，眼淚就快掉出來了，宗仁看看依娟，心裡軟得像一團發好的麵，他想站起來，幫她拭去傷心的淚水，又想接過她的托盤，幫她跑堂，可是，他不敢，萬一依娟罵他多不好意思。宗仁只好低下頭，繼續研究菜單，心裡一慌，居然點錯了菜，叫了一份專門對付洋鬼子的菜對付自己，回到家還在沮喪！

其實，宗仁不肯賣房子是醉翁之意不在酒，說穿了，他是不想離婚！他捨不得依娟，一夜夫妻百日恩呢！何況他們做了三年多的夫妻。可是依照美國這倒霉的法律，他不願離，太太要離就得離，所以他便心生一計，在財產上跟依娟過不去，依娟指東他一定會指西，果然是妙計，如今這離婚拖了兩年還是沒了結。

宗仁相信依娟會回心轉意，因為宗仁認為他和依娟之間的所有矛盾、衝突，不是敵我矛盾。既是人民內部矛盾，就有化解的一天。宗仁知道依娟是個理想主義的女人，她先前把宗仁看成偉人，以為他會有一番驚天動地的壯舉，待到嫁了他，才發現他是一個平平凡凡的小男人，懶得恨不得鑽進小Baby的床，蓋上暖暖的小花被，連睡覺都有媽咪在唱搖籃曲。他在那家不死不活的公司一幹就是六、七年，薪水漲得像沙漠中的小溝，永遠漫不上去。勸他換家公司，或者像那些轟轟烈烈的男人一樣，自己當老板，他就說，好，好，好！好過之後就再沒有下文。他像所有小朋友一樣，喜歡看卡通，看得雙眼發直，緊急處，還會一躍而起，要衝進電視裡救苦救難。他上上館子，釣釣魚，瞇著眼睛看天上的閒雲。幾十歲的人了，還沒學會說不字，誰有事要他幫，鞋子還沒穿好就衝出了家門，錢借給別人用，別人還來時他居然會不好意思！依娟是個如花似玉的佳人，當年追求者好多，個個都擦拳摩掌，要把依娟帶回家當老婆，只有宗仁追求方式緊一陣鬆一陣的，有時約好七點見面，八點了他老兄還沒人影，所以依娟以為這個男人沉得住氣，反而嫁了他。一嫁了她就發覺上了當，至少，大富大貴就休想了，依娟還得回餐館打工，依娟本是個愛面子，一心想往高處走的女人，結了婚跟沒結婚時一樣，理想還是離她遠遠的，她一氣之下，離婚兩個字就衝出口了。

依娟提出要離婚，宗仁嚇了一大跳，沒等他反應過來，依娟就自己出去租了一間小小的公寓。宗仁一個人留在家裡，很是無趣，就搬到朋友家去了。旁人如果說依娟不好，宗仁就不愛聽，律師要宗仁提供不利於依娟的細節，宗仁不願說，律師很生氣，宗仁更生氣，心想這傢伙好壞！因為在他心中，依娟依然是他的太太，請律師不過是虛張聲勢，因為依娟是個女人都敢請律師。所以誰讓你真槍實彈地做事嘛！後來律師血壓高，只收佣金不幹事，宗仁才心安起來。

依娟的母親住在南加州，並不知道女兒的事，反正她老得也不能飛來華州了。宗仁依然時常打電話問候她，休假時，還飛去加州探望她。宗仁的母親倒是知道依娟要離婚，便勸兒子說，「女人心去不中留，離了又不是找不到，不要拖來拖去的了。」宗仁口裡答應著，可心裡依然割捨不下。他又拖了半年，終於在離婚協議書中簽了字。

離婚後，宗仁痛定思痛，總結出，婚姻這東西真是靠不住的東西，好像戰場上對峙的雙方，要勢均力敵才能保持相安無事，一方強，一方弱，不是被人統了，就是被人消滅。依娟在追求理想上勝他一籌，所以，如今人去樓空，也是情理中事。想著，想著，他的心就一天比一天釋然了。從此，更加慢悠悠地走自己的人生之路，看見那些急匆匆的男人或女人，他一律躲得遠遠的。

依娟很快又嫁了人，新夫婿是個野心勃勃的男子漢大丈夫。他買樓，置地，搞股票，開餐館，弄得風生水起。依娟興奮得夜裡都睡不踏實，像穿上了小魔鞋，不停地跳來跳去。可惜，好景不長，丈夫不知怎麼犯了案子，居然被警方收審，喫了官司，留下一個爛攤子，債主逼上門來，丈夫前妻生的幾個孩子又吵鬧不休，爭著要分財產。依娟萬般無奈，只好提出離婚來逃出是非之地。

離婚後的依娟還是回到了那家餐館，宗仁現在大模大樣地來喫飯，不再怕依娟會給他臉色看。依娟瘦了，憔悴得像唱了重頭戲，走下舞臺的伶人，熱鬧過了便是空虛。她不好意思看宗仁，卻知道宗仁正在研究她，但她偶而一回頭，宗仁就嚇得掉筷子，忙彎腰去撿，撿起來，用口吹吹灰，又慌忙去挾早已看好的一塊牛腩，挾時手又偏偏抖起來，怎麼也送不進嘴裡去。他正氣自己，見依娟走過來，遞給他一雙筷子，他連忙接過來，臉紅得像發燒的人，直到依娟走出好遠，他的心還在跳得快快的。

宗仁知道自己還是放不下依娟，就跟老朋友說他要再拿出當年的勇氣來，展開強勁攻勢，把依娟重新娶回家做太太，老朋友不同意，說，依娟這女人心長到額頭上去了，還去招惹她，真把男人們的臉都丟盡了。宗仁訕訕地笑，不好意思再提此事，但從此去餐館去得更勤快，終於有一天，依娟見他又溜了進來，垮下臉就罵道：「你想喫窮這個家呀！」話剛說完，才發現有語病，忙捂住口又罵：「你想喫窮你的家呀！」宗仁眼睛一瞧，也不管旁邊有人沒人，拉住依娟的手說：「依娟，跟我回家，妳不給我做飯了，我只好喫窮這個家，妳跟我回去吧，啊，不要再任性了？」依娟一楞，伏在他肩頭哭了。

依娟和宗仁破鏡重圓的事在小城華人口中褒貶不一，有人說宗仁太痴，有人又說不是宗仁太痴，是依娟太笨，轉了一圈又飛回如來佛的手心裡了。

女人，總比男人愛做夢，女人，彷彿生來是喜歡崇拜強者的，女人最不能容忍平庸，但平淡並不是平庸，找一個愛妳的平凡男人比找一個忽略妳的強者好。

依娟不再抱怨，如今，她是一個知足的小婦人，至少，我看她是。

擇妻

鄭重桐是典型的青年俊傑，他從小聰明好學，十五歲時考上中國科技大學少年班，二十歲時來美國讀博士，二十四歲時取到學位，在美國一家大公司當工程師。書中自有黃金屋，書中自有顏如玉，當他坐在自己購下的房子看日出日落，見妻子蔣雲飛在社區的小道上溜狗時，心中頗有些志得意滿的感覺。

蔣雲飛卻是個和書呀、學問勢不兩立的女人，她上小學時就有些跟不上同學的進度，高中時還留了一級，大學自然考不上的，所以她根本連名都懶得去報。她到一家學美容的專科學校混了兩年，畢業後在一家理髮店工作，先從洗頭做起，一直到可以幫女人燙髮。理髮店的工作說累也不算累，但一天八小時站下來，腿都有些腫了，再說也挺枯燥的，整天在男人或女人的頭上摸過來摸過去，所幸她工作的理髮店就在熱鬧的北京西單大街上，於是，她便學會了一邊理髮一邊看街景，看大街上的紅男綠女，看交通燈從黃變紅再燃起柔和的綠色。

蔣雲飛生下來就是個漂亮人兒，因為漂亮，她沾了不少光。於是在她的人生哲學上，漂亮的意味很隆重。她捨得打扮自己，就像讀書人捨得買書一樣。她買時裝，買化妝品，買一切可以使她的漂亮更能增色的東西。又因為漂亮，她對自己未來的婚姻充滿憧憬也充滿信心。她不肯匆匆忙忙地把自己交給男人，北京大街小巷的那些粗小夥子，二楞子大哥小弟們她通通瞧不上，跟上這些人能有什麼好日子過呀！她要找一個大款！（北京土話，指有錢人）而且，不要那種土得掉渣的暴發戶，要斯斯文文的大款，可如今這種人真的是大海裡撈針，難啦！她知道有一個北京妞兒，找了一個海外學人，聽說那主兒也賺合好幾十萬人民幣呢，而且還能出國開開眼界呢！蔣雲飛有了這心思，便決心朝這目標努力，她姐姐在中國科技報工作，告訴她有好些女孩在那上面登徵婚廣告，又說有一個紅娘中心海外支部，專門幫海外學人找太太，蔣雲飛托姐姐寫了個廣告詞，又照了一張大彩照，自己親自找到那紅娘中心去了……

蔣雲飛起了個大早，左問右問，才在一家破敗的小胡同裡找到那家紅娘中心，一看旁邊還有個公共廁所，一股臭味直朝鼻裡鑽。可一進門，卻見好幾個西裝革履的男士端坐在那，看那架式，便是海外學人了。蔣雲飛立即心生敬意，她把自己的資料交給中心的小姐，小姐隨意翻了翻，忽然抬起頭冒出一句，「妳有什麼愛好和特長？妳資料上忘了寫，這兩點很重要，海外學人一定要問的！」蔣雲飛一下紅了臉，覺得那幾個男士都在朝這邊張望似的，她想了好一會，便喃喃地說，「我的愛好是找個在海外的有文化的先生，我的特長……我的特長大家都說是我長得還不錯！」小姐忽地一下笑了，扳起臉來說，「我把妳的資料收下了，不過妳別抱太大希望，因為來登記的姑娘多，回來找新娘的男士少，一般從海外來一個男士，我們會提供他好幾個女孩子的人選，讓他考慮，我們這裡女博士、碩士好多好多，都很有學問，修養也特別好，妳就耐心等著吧！」蔣雲飛心裡涼了半截，悻悻地回到理髮店上班去了。

過了大概有小半年，有一天，紅娘中心打來了電話，告訴蔣雲飛說，有一位叫鄭重桐的海外學人到紅娘中心找太太，他的時間很緊，在大陸只能停留二十多天，便要結婚的。又說了他的條件，蔣雲飛聽得心花怒放，不料中心的人又加上一句話說，鄭重桐在她和另一個女孩之間搖擺不定，要都接觸一下才能做出抉擇。蔣雲飛的姐姐立即托熟人進一步打聽消息，才知道那女孩子叫賈嬋，說來也巧得很，賈嬋和蔣雲飛居然是彼此知道的，她們是小學同學，可後來蔣雲飛不會唸書，逐漸走下坡路了。賈嬋上了北京大學，唸了一個什麼大陸培養的博士，留校當教師了。有一次，蔣雲飛還在街上碰見她，見她戴了一副深度眼鏡，穿著也不時髦，只是臉色依然白裡透紅，怎麼自己會和她碰到一塊去啦！蔣雲飛心裡有些洩氣，氣呼呼地對姐姐說，「她是北大的老師，我在西單理髮，這不明擺著她佔上風，我敢和她比?!」

鄭重桐和賈嬋及蔣雲飛分別約會，與賈嬋談得昏天暗地，與蔣雲飛卻只講了三十多分鐘，其中還有三分之二的時光是沈默。蔣雲飛研究鄭重桐的髮式，心想美國人就流行這款式呀！狗啃似的。鄭重桐順手拿起一份舊報紙看著，很快，鄭重桐欠起身，說，「蔣小姐，對不起了，我還有個飯局，是初中時代老同學們湊的份子，我得先走一步了。」

蔣雲飛把經過告訴姐姐，姐姐立即宣判了她的婚事告吹，因為姐姐已悄悄打聽過了，人家鄭先生又約了賈嬋一次，倆人海闊天空的，談得一會哈哈大笑，一會噓吁感嘆。談戀愛，談戀愛，關鍵就是一個談嘛！如今，人家倆人談上了。蔣雲飛一傷心，在幫一位男顧客刮鬍子時手一鬆，差點拉出一條大口子，顧客跳起來，蔣雲飛嚇了一下，把刀子朝地下一扔，哭得沒頭沒腦，弄得大家一頭霧水。

過了幾天，鄭重桐卻突然打電話來，問蔣雲飛同不同意辦婚事？蔣雲飛樂得不知自己耳朵是不是出了問題，不好意思地說：「怎麼問我呀！該問你才對呀！」

婚事說辦就辦，蔣雲飛和姐姐帶著喜糖到紅娘中心去道謝，那兒的人都好生奇怪，說，不會弄錯了吧？那鄭先生看樣子挺中意賈小姐的。

半年後，蔣雲飛就來了美國，有一天夜晚，趁著小夫妻親熱勁兒還沒過，蔣雲飛便扳過丈夫的肩，問道，「哎，你怎麼挑上我啦！」鄭重桐一下興趣索然，懶懶地說，「第一，她學的是古典文學，妳學理髮，我失業了，妳理幾個頭咱們就活下來了。文學算什麼，又賺不上飯票！第二，妳漂亮，她不漂亮，我千里迢迢回大陸挑老婆，當然要漂亮的了。」蔣雲飛心裡一下子盛滿了歡欣的淚，她又推了一把丈夫，說：「那你還和她談得沒日沒夜的，對我卻不理不睬？」鄭重桐說，「那當然了，既決定選妳做太太，以後愛談多少談多少，和她卻沒有緣份了，所以多談一些難道不是理所當然？」

紅娘中心在成功地嫁出蔣雲飛以後，所長下了新的指示，漂亮的女士優先，書唸得愈多愈減分。據說，賈嬋要回了她的資料，因為紅娘中心早已把她打入另冊了。

男人們的選擇，真的讓人好難懂呢！

愛的美麗與哀愁

我的父親非常喜歡魯迅的文章，我七八歲時，父親就一字一句地教我唸他的小說了。記得開蒙的作品是《風波》，父親要我唸後告訴他感想，我說松花黃的米飯上放了烏黑的蒸乾菜一定很好喫的呀！父親笑了，那一年冬天，母親也曬了好些梅乾菜，跟臘肉一塊蒸來喫，至今難忘那種酸酸的滋味。

大了之後，我也喜歡魯迅。日本的書店裡，他的書很多。在大學任教時，我曾帶著學生讀魯迅的文章，用日文唸出來的那些文字使我另有一種深刻悲切的感動。我留學的大學，是郭沫若和夏衍曾就讀的學校，魯迅的學校則在仙臺，我特意去過，覺得仙臺的山綠得滴水，其中有一種清冷的寥寂，很像魯迅的風格。

魯迅的夫人許廣平，原是北京女師大的學生，魯迅那時在女師大兼課，已是很有文學聲名和社會地位，當然也是有經濟能力的名教授了。女師大是一個才女雲集的地方，出過不少很優秀的女作家，但許廣平不算，她一生中幾乎沒有寫過什麼。魯迅逝世後，她用景宋的筆名，寫過一本薄薄的書，是回憶魯迅的，叫《欣慰的紀念》。我唸過，覺得文字表現平平，感情也不豐富，那時我才十二歲吧！便告訴父親說，她配不上魯迅！父親說，當時愛慕魯迅的女子一定很多，但因為魯迅早已由母親做主，娶了同鄉女子朱安，儘管魯迅跟朱安沒有什麼感情，婚後不到一週便赴日本留學了，回國後，雖和朱安並沒有離異，但由於朱安沒有文化，又是小腳，所以魯迅深感婚姻的寂寞。這時，許廣平主動給魯迅寫了第一封很長的信，那一年，魯迅四十五歲，許廣平二十七歲，朱安已是四十八歲的老太太了。許廣平和魯迅通了信後，第二年，魯迅便和許廣平離開北京，也就是說離開了朱安。從魯迅和許廣平開始通信的兩年後，他們在上海同居了。朱安卻一直住在北京，和魯迅的母親相依為命。這個可憐的女人，當然與受過良好教育，有膽有識，又以反封建、反傳統為己任，且比朱安年輕二十歲的女人根本不能同日而語。從此，朱安便成為棄婦，被人們遺忘了。

朱安不僅在年紀上，相貌上，文化教育上與許廣平不能相比，而且這個可憐的女人，與魯迅結婚多年，竟沒生下一子半女。而許廣平婚後卻為年近半百的魯迅帶來一個起名叫周海嬰的男孩。本來，魯迅的母親十分喜歡朱安，對朱安含有惻隱之心，可見到孩子，也高興地說，這屋子也早該有小孩子跑來跑去了。

魯迅在認識許廣平之前，與朱安雖是包辦婚姻，沒有很深的感情，但我們從魯迅的文學作品中可以看到他有一顆知識人的悲天憫人之心，有同情弱者，哀其不幸，恨其不爭的情懷。他在小說《離婚》中，對受丈夫拋棄的鄉下女人愛姑的悲慘命運也是一掬同情之淚的。所以，魯迅如果沒有許廣平的介入，相信也會像胡適與江冬秀一樣把婚姻維持下去，為的是不傷害一個無辜的女人。儘管，由於朱安沒有文化，她沒有留下任何文字記載，又沒有後人為她說話，我們還是可以從一些史料中找出魯迅對她並不是沒有感情的。比如，魯迅、朱安原和弟弟周作人同住，後來兄弟不合，其中也包括周作人和他的日本太太都同情朱安，反對魯迅和許廣平交往的原因，魯迅搬離了。魯迅問朱安，是和周作人一家同住，還是跟自己走？朱安立即說，我跟你走。魯迅的薪水都交給朱安，多年來一直給朱安的母親親自寄生活費，朱安病了，魯迅帶她到外國人開的好醫院看病，扶上扶下，噓寒問暖，連外國醫生看了都很感動。這些都說明魯迅的良心，甚至愛心，連朱安自己也說過，魯迅待她很好，他和她很少爭吵。和許廣平同居後，魯迅仍給她寄生活費。

魯迅去世後，朱安生活發生了很大的困難，她已是風燭殘年的老人了，每天以稀薄的菜湯和自己醃製的小菜度日，無奈中，她登報表示要賣魯迅的藏書，許廣平托人勸說她要保護魯迅留下的遺物，她一氣之下，說出了「我也是魯迅的遺物，為什麼就沒有人來保護我？」

朱安生活困難的消息在北京社會上廣泛流傳，成為當時一大新聞，魯迅地下有知，不說該有怎樣的感慨！

一九四六年，朱安病逝北京，身邊沒有一個親人，她曾向魯迅的學生說過，死後想葬在魯迅身邊，這一點要求是她請學生轉告許廣平的。死後的朱安墓地在北京西直門外保福寺，據說連墓碑都沒有，她享年六十九歲，應該說是窮困逼走了她。一個苦命的女人，就這樣在世界上消失了。

魯迅的一生，愛是美麗與哀愁的。他得到了自己追求的愛，應該說他和許廣平是很和諧、很恩愛的夫妻。但是，由於朱安的悲慘命運，卻使他的愛情生涯蒙上了一層陰影，不管後人如何評說，他對朱安畢竟是負有責任的。李大釗、聞一多、胡適，許許多多那個時代的大學者，大作家都有婚姻不自主的人生，可是他們卻沒有邁出這一步。當年，北大教授梁宗岱遺棄髮妻，胡適挺身而出，為梁的髮妻出庭辯護。徐志摩棄張幼儀另娶陸小曼，梁啟超憤而指責，罵他沒有君子之德。

朱安的悲劇也是她自己的悲劇，她在北京住了二十多年，北京並不是她的故鄉，她在魯迅和許廣平同居後，本應自強自立，至少應該在經濟上來個一清二楚，有養老之資，不致於晚年貧病而死。我想，她太依賴人，太信任人，不知道魯迅會死得那麼早。

我在這裡並沒有指責魯迅與許廣平的愛情之意，但我從第一次知道朱安這個苦命女人後便對她有了深切的同情。魯迅一生中筆下寫出了我們民族無數個愚昧、麻木、可哀可嘆的弱小靈魂的喘息，如阿Q、七斤、祥林嫂、愛姑、閏土，可是就在他的身邊，卻有朱安這樣一個祥林嫂似的可憐女人，魯迅也許應該為她做更周到的安排，可是，他的遺囑中卻對朱安日後的命運隻字未提。

朱安生前曾想死後有人在她靈前奉一碗水，相信這也是達不到的空想，她無親無故，連墓碑都沒有了，誰還能記住她？她是無聲的風，飄過去了，無聲的雨，下過去了。

我在美國寓所的燈下，寂寞地念著她，願這篇小文，使她能有幾許欣慰。

笨笨的女人

柳萌離婚已經三年多了，依然心頭在痛。她和他是大學的同學，了解應該很深，可萬萬沒想到，倆人婚後一個像冰，一個似火，碰在一塊就你死我活。每天一睜眼，第一件事不是柴米油鹽，而是爭吵，吵些什麼呢？都是一些不該吵的事。比如柳萌說我就不愛看張藝謀的電影，心理特別陰暗，都是一些變了態的男人和女人。鞏俐是他一手捧紅的，其實鞏俐演技也不怎樣，演什麼都一個味，一把鹽，幾顆味精一拌，一個味！他一聽就火了，騰地一下跳起來說，妳根本不懂電影，別在這胡說八道了！柳萌學的專業就是電影評論，所以否認她的話，就是要端走她的飯碗，倆人一氣就是一整天，誰也不理誰。第二天又會找出一些事來吵，後來，連架也不想吵了。柳萌說，喂！咱倆志不同，道不合，分手算了。他說，妳讓我想想，他想了一個月，就在離婚協議書上簽了字。柳萌沒孩子，離婚離得很乾脆，她從此又過上了單身貴族生活。而他卻很快結了婚，新婚的太太也是柳萌的同學，她倆過去是情敵，都想嫁他，結果柳萌成功了，如今柳萌退出，她依然舊情未斷，不知怎麼就和他又聯繫上了，也許他倆從來就沒中斷過聯繫。他再婚時，還發了喜帖給柳萌，柳萌買了一些禮物托人送去，自己卻偷偷矇著被子哭了一場，發願說，我也要再嫁一個好人，氣死他倆！

柳萌開始去參加一些單身貴族們的聚會，認識了不少和她一樣寂寞的男士，可還沒有一位可以讓她達到論及婚嫁的程度，有時覺得有了一點放電的感覺，深談幾次就吹了。

有一次，碰見了一位婚姻一帆風順的女友，柳萌便向她求教成功的經驗，女友很自信地說，柳萌，妳需要裝聾賣傻，男人都喜歡女人笨笨的。妳呢，一天到晚以為自己有多聰明，指點江山，激揚文字，哪個男人喫這一套！妳要找好男人，又想看住他，就改了妳那老毛病，以純情女人，幼稚女人，需要讓人可憐的女人面目出現，保妳無往不勝，柳萌聽了，答應試一下。她從小學起就會演戲，心想，我就來演一場人生的大戲吧！

不久，在一次朋友的聚會上，柳萌碰見了一位名叫劉世馳的男士，柳萌早就聽過他的名字，拜讀過他的論文，有好幾次，柳萌還摩拳擦掌，想和他商榷某一觀點，打一場筆墨官司。可當時她正在鬧離婚，這事也就放下了。今天居然碰見他，柳萌便端起一杯琥珀色的法國香檳酒，向他款款走了過去。他正在和一個女人談著什麼，柳萌便站了下來，在忽明忽暗的燈光下打量他，也打量和他談話的女人。

劉世馳原來是這樣年輕英挺的男人，他穿著白底細條的襯衣，燙得平坦但不誇張般的僵硬，手腕上的錶鬆鬆地套著，男人的手腕好像就是他個性的著眼點，於是柳萌便在那上面多停留了一下，她相信，劉世馳的性格和他的論文一樣，都是屬於強硬派。劉世馳身邊的那位女士柳萌也覺得眼熟，她叫李琪，是個專寫電視劇本的女作家，她是快手，一年推出好幾個劇本，還都很叫座，李琪也是個單身貴族，身邊總是簇擁著一大群男士，她和這個熱兩天，那個冷兩天，但玩別人也就是玩自己，結果高不成，低不就的，三十好幾了，還是小姑獨處。柳萌聽見她和劉世馳高聲談著一個有關鏡頭處理的專業問題，李琪見解鮮明，反應又好快，劉世馳聽得很投入，手上的酒杯早已空了，還枉自愣愣地舉著。李琪興奮得臉兒紅樸樸的，聲調也愈來愈高……柳萌踱過去，對劉世馳說，「中意這杯法國香檳嗎？」她一手接過劉世馳手上的空酒杯，一手遞上了那杯誘人的香檳，劉世馳忙說，謝謝，並不轉移他的視線，依然傾著身子，專心地聽李琪說話。柳萌有些落寞，正想離開，忽然聽到李琪說了一個柳萌很熟習的話題，那是柳萌唸研究生時做過的課題，柳萌便打消要走的念頭，也站在那聽李琪一個人滔滔不絕地說。聽著，聽著，她的思路也調動起來了，正想說出自己的想法，卻想起了女友的規勸，便強壓下自己想和李琪辯論一場的想法，而是靜靜地聽，臉上掛著平和的微笑……

李琪講得累了，手一揮說，「劉先生，你有何高見嘛！」劉世馳笑笑，說，「李小姐給我上了一課，我只有佩服的心兒，哪裡還敢獻醜呀！」李琪聽了，面有得意之色，一頓腳說，「哎呀！你們男人都是這個樣子的了，總以為我們女人什麼都不懂，其實女人也不比你們笨到哪裡去！」劉世馳說，「不敢啦！今日我不就一直在洗耳恭聽麼！」李琪像才發現柳萌似的，嚷了起來，「這位小姐，你說我說的對不對？」柳萌臉上飛起羞羞的笑，用手掩住笑開了的口，柔聲柔氣地說，「我雖說學的是電影評論，其實一點也不懂，女人演電影還可以，搞評論就要腦子好，我不行，我笨笨的，一進電影場就跟觀眾一塊笑，一塊哭，一出場，什麼都沒記住！」她說罷又轉向劉世馳，眨著一雙深深的美目，說，「劉先生，你多教教我，……。」劉世馳這才細細地打量起柳萌來，只見柳萌嬌嬌巧巧的，穿著白色的布衣，黑色的綢裙，淺淺的方口皮鞋，臉上施著薄薄的脂粉，豐滿的雙唇奔湧著生命的原色，他眼前一亮，彷彿瓊瑤小說中的少女翩然而至，來到自己身邊，他像大哥哥似地立即充滿柔情，問道，「妳上大幾啦！怎麼就想起搞電影評論呢！」柳萌頭一低，不好意思似地看定自己的腳尖說，「研究所都畢業了，可我媽說我總長不大，我從小愛看電影，還以為搞電影評論就是看電影呢！我真笨，您不知道，我一看悲情的電影就要帶幾條手帕在身上，光知道哭……。」李琪在一旁聽著無趣，硬梆梆地拋來一句，「那你趁早改行，看電影和搞評論風馬牛不相及！」柳萌也不生氣，天真地點頭說，「李小姐，你說得對！」李琪又教訓了柳萌好多，柳萌都一律笑盈盈地聽著。劉世馳說，今晚月亮一定很好，是新月呢！小姐們，咱們一同去看看月亮怎麼樣？三人果然來到了主人家的後院，只見月亮升得老高，新月像少女一樣，新鮮、明麗，李琪依然高談闊論，柳萌緊閉著嘴，只說了一句，「月亮好美喲！真想住到月亮裡面去！」李琪一聽就說了好多科學理論。月亮上沒有水呀，沒有生命跡象啦，柳萌忽閃著雙眼，一驚一乍地說，真的嗎？可我好喜歡月亮！柳萌離開朋友家時，發現劉世馳在她衣袋裡放了一張字條……。

回到家裡，柳萌掏出字條一看，只見上面寫著幾行潦草的字，顯然寫得十分匆忙，「柳小姐，很想與你交個朋友，如今這種世界，要找妳這麼純淨的女孩已很不容易，盼與妳再敘！我的電話是七七三・五九五八，妳的呢？請給我先打個電話好嗎？」柳萌有些好笑，忙在鏡子前看看自己，鏡子中是一個成熟、聰明的女人，像李琪一樣的女人，可這樣的女人男人很少會欣賞，她苦笑了一下，連忙調整自己，用那種嬌柔，傻傻的口氣給劉世馳打了第一個電話，說了些自己聽了也要睡過去的無趣的話，可對方卻很高興，捨不得放下電話，倆人聊了好久，好久，好久。

原來劉世馳身邊女友很多，但都是泛泛之交，三十多歲了還在獨身，說明他眼光很挑剔。

他說，因為搞電影評論，又在大學任教，所以結識的都是知識婦女，知識婦女有個通病，都愛滿嘴新名詞，和男人比高低，自己事業已經很累，不想再找一個理論家在耳邊喋喋不休。女子無才便是德，當然，太沒教養，太缺知識的女人他也不會去娶。所以這些年來總是知音難逢，直到碰見柳萌，才感到心境平和，柳萌讓他輕鬆，不緊張，同時柳萌也是唸過書的女人，這樣的女人他很心儀。

兩個月後，劉世馳便向柳萌求婚了。柳萌忙把一切告訴女友，並表示敬佩她的人生經驗。只是自己拿不定主意，是否嫁劉世馳，因為她不想一輩子演戲給他看，很怕自己廬山真面目會嚇壞他。女友說，你前次婚姻喫虧就在你太聰明，太有主意，太愛鋒芒畢露了，如今改頭換面才幾個月便獲得一個挺不錯的男人向你求婚，可見笨笨的女人最能打動男人的心，你若想保持自我，當然不用再演下去。你若想就著這股東風，結束單身貴族生活，那就改變自己。

柳萌決定在自己家裡開一個Party，請來不少朋友、熟人。當然也有劉世馳。那天晚上，她咄咄逼人，發表見解，儼然一個有稜有角的女強人，劉世馳在一邊看得雲裡霧裡，不知所措，突然，他披起大衣，猛一拉開大門，初冬暗夜的雪粒便隨著寒風灌了進來，人們都嚇了一驚，只見劉世馳大步踏入暗夜中……

柳萌追了出去，送給他他遺忘了的紫絳色羊毛圍巾，他默默地接過來，說：「小姐，你是誰？我並不認識你。」

他走了，從此，柳萌再也沒有見過他，只是那家權威的電影評論季刊上，他倆的筆墨官司打得熱火朝天……

陸太太的心事

陸太太剛剛吹過四十歲的生日蠟燭，甜膩的蛋糕還卡在喉頭似的，便突然覺得厭倦了人生。她拖著長長的細絨布做的睡袍，穿著軟軟的繡花拖鞋，把房間的燈一盞盞地拉熄了。離中秋還有半個多月呢，可這美國西海岸的海濱城市的月亮已經很圓，很圓。

陸太太輕手輕腳地走上樓，到十歲女兒琳達的房間看了看女兒，女兒睡著了，懷裡還抱著一個新買的小熊。陸太太替女兒把被子拉好，便下樓來，一個人端坐在沙發上，細細地看窗外的月亮。

近四千平方呎的房子今天才覺得大得嚇人。三年前買下這幢兩年新的樓房時，帶她看屋的葉太太還提醒她說，相風水書上可是有此一說，屋子大，住人少，家運會動蕩不安，自己偏偏不信這一套！陸太太又不是市井人家的女兒，生來命輕，怕的是鎮不住！陸太太可是個官宦人家的大小姐，丈夫又是自己開了公司，當了老板，事業紅得爆火的男人，還怕什麼鎮不住？怕只怕房子小了，讓人家暗地裡笑話！在這一社區，黃種人的面孔就那麼幾家人，誰還不知道呢？誰不私下較勁，要把別人比下去？比什麼？就比誰家房子大，誰家的沙發是意大利進口的真皮傢伙。誰家請客排場，用的餐具都成套，還要講究產地啦！據說瓷粉中摻了骨粉的最上等，可陸太太並不懂這些。她也不想請客，因為不管怎麼說，她有一點說不起話，老公不在美國，一個人留在臺灣打拼，風言風語到處傳著，說是丈夫跟公司的一個姚小姐打得火熱，姚小姐正好填了她的空房，自己娘家人都親眼見了，可誰敢說什麼呢？如今自己住豪邸，喝洋牛奶，開勞斯萊斯的高級轎車，買法國香水，意大利時裝，除了接送女兒上下學，管一下她的功課外，自己還用做什麼？一個女人修得這樣的福份也真的該唸佛了。可是，陸太太最怕就是這個要命的可是，可是什麼呀？說白了，還不是有點心理、生理都需要老公！憑什麼讓那個小妖精佔了便宜去！自己還打碎牙，含著血水一塊吞了！一個人守著不懂事的孩子是什麼滋味？說破了，不就是守活寡嘛！陸太太站起身，從冰箱中拿出一瓶紅得近乎妖艷的洋酒，自己給自己倒了一杯，連冰塊也不加，一昂脖，就灌了進去，喝急了一點，胸口又悶又燒，她忙坐下來，用手揉著。陸太太是個豐盈熟透了的女人，每一處部位都恰到好處，據說中世紀的歐洲貴婦人用擀面杖在自己發福的身上亂敲，為的是去掉身上多餘的肥肉，可陸太太不用操這個心，美人就是美人，人家宋美齡，九十多歲了還不是照樣光彩耀人？陸太太不敢跟她比，可陸太太自有陸太太的驕傲，什麼時候，女人們見到她，都要妒得眼睛發綠，說，妳也教教我們嘛，怎麼會有這麼好的身段？男人們見到她，守規矩的不敢望她，怕動搖君子之心。不守規矩的便趁太太不小心，慌忙掃她幾眼，不過，僅此而已，因為太太們都把先生盯得好緊。所以，陸太太想到這便氣了起來，男女不平等，連想不正經也都不平等，丈夫早就勾上了一個小娼婦，可自己呢，莫說找野男人，連多望她幾眼的男人也知音難遇，倒也好，貞節牌子不用自己去尋就送上門來了，只是這般冷清日子，如何能到頭呢？

陸太太想起那年回臺灣，知道丈夫和姚小姐的事後，氣得她一賭氣便帶著女兒回南部娘家了，母親又親自送她回臺北，一路上勸慰她說：「他一個男人，又要忙事業，又要忙家裡，太太、孩子隔了半個地球，叫他一個男人家怎麼過？好在找的是姚小姐，自己公司裡的人。再說姚小姐也安份，並沒有要名份的事，不過是露水夫妻罷了。等妳苦撐幾年，把公民紙拿到，再回臺灣長住，她自然就滾走了的！」陸太太想想也覺得母親的話有道理，只是苦了自己，丈夫倒還有個藉口在外面搞女人，再說，公民紙拿到又如何？女兒讀書總要有人照顧的，若是要丈夫放棄事業來美國當寓公，那未免難保一世榮華富貴，正當壯年的男人當寓公，還不是虎落平陽受欺負嗎？所以，陸太太左思右想，最終便寬慰自己道，一切皆是命！她是用錢的正宮娘娘，那女人反正她眼不見，管她呢？

陸太太決心不管姚小姐的事，帶著女兒和一大包臺灣食物飛回美國。她花錢更大方，丈夫給的生活費晚送一天，她就操起越洋電話罵他祖宗三代。陸太太本是個有修養的女人，可如今不同了，丈夫的情事使她脾氣火爆得一觸即發，和女友們打牌，稍不如意便把牌桌一掀。她悄悄地去看醫生，問自己是不是有些心理變態；或是女人的更年期；醫生要問細一點，她就揚長而去，她懶得跟他囉嗦。丈夫為了保住綠卡，每隔半年會回一次美國，住上十幾天便走，說是臺灣那邊脫不開身。丈夫在的日子，陸太太反而更難受，知道他有女人，又不好罵他，陸太太有時動了感情，偎在他懷裡不肯放他走，弄得丈夫身心交瘁，反而更想逃離她。倒是女兒和父親有說不完的話，陸太太見了，心裡很有些難受起來，不知一家人為什麼要這麼貪圖美國的身份，非要夫妻分散來求那一張公民紙？丈夫離去的前一天，她都會面臨著精神的崩潰，她心裡不停地念叨著，他要走了，那個妖精在招他的魂呢！她每次都哭倒在機場，丈夫也哭了，可他的眼淚騙不了她。陸太太有時真想叫罵出來：「滾吧，滾到那個女人那去！」可是，她沒有叫出來，旁人見了，倒是感動萬分，夫妻難捨難分呀！可誰知道，還有見不得人的一面呢！

陸太太見過姚小姐的相片，是個姿色很平常的女人，但人家年輕，才二十多歲呢！青春就是女人最大的本錢！況且，誰能保得住丈夫和她永遠是情人關係？萬一將來姚小姐要取而代之，要做真正的陸均霖的太太又怎麼辦？再說，自己的忍耐也是像潛伏著的火山，有朝一日爆發起來，那結局是很難設想的。不是有好多次，她半夜醒來，被剛做過的夢嚇得半死，夢中她殺了丈夫和姚小姐，放火燒了豪邸，那個夢中的瘋女人，不正是她麼！

陸太太不敢想下去，她起身走進浴室脫下睡袍跳進浴池裡，溫溫的水划過她的肌膚，她開動起自動噴湧的龍頭，舒服地閉上雙眼，四周很靜，只有水的聲音。她用手輕輕地撫摸著自己渾圓的肩，緊蹦蹦的胸，瘦削均勻的腳，她想起，臺北的家的浴池雖不及美國的家的浴池豪華，可那時，有時自己忘記什麼了，會扯著嗓子叫丈夫，丈夫呢，不聲不響地進來了，手裡並沒有她要的東西……而現在，那是姚小姐的故事了。陸太太裹著毛巾，走進了自己的臥室，一張偌大的King尺寸的席夢思床上並排放了兩個枕頭，陸太太扁起嘴嘲笑了一下，拉開薄薄的鴨絨被鑽了進去，她順手操起一份中文報紙，發現了一條有趣的消息，「午夜牛郎登陸加拿大，寂寞少婦紛紛捧場」，她心頭呯然一跳，連忙跳下床，把房間裡能打開的燈通通打開了，再埋頭細細地讀，午夜牛郎不就是那些討女人歡心的賣笑男人嗎？生意做到加拿大來了？在臺灣時，陸太太也聽說過這種職業，可她哪裡會瞧得上他們？陸均霖一表人材，有錢有貌，沒想到如今留給那姚小姐去受用了。陸太太心中酸水、苦水一個勁地湧上心頭，哎！人生就這麼回事！四十歲的女人還看不透嗎？寂寞少婦看來並不就是她陸太太一個，多得數不過來呀！誰能擔保男人在那邊沒有外遇！男人又是幾個守得住的？不像我們女人……可是，哎！又是這個討厭的可是了，可是，女人難道就沒有情慾，就是一塊硬幫幫的臭銅廢鐵麼？誰沒有七情六慾，難道就允許你們男人花，我們女人就活該當尼姑呀！陸太太越想越氣，索性跳下床，在偌大的睡房裡走來走去，她覺得身子像一塊烙紅的鐵，滋滋地吐著火焰，她又覺得身子像一塊冰，連自己的呼吸也凍住了。她衝向床頭，抓起電話就撥了個丈夫的號碼，那邊該是白天吧，電話是丈夫接的。聽得出他那邊隱隱的市聲，紅塵萬丈的地方呀！陸太太咽了咽口水對著電話說：「均霖呀！我下星期去加拿大，告訴你一聲，不用打電話來，家裡沒人。」陸均霖唔了一聲說：「那琳達怎麼辦？她不是要上學嗎？等放假時再帶她去吧！」陸太太頭一昏，頹然鬆掉了電話，女兒，她忘記女兒了！

似被前緣誤

好的夫妻，固然是相伴之力，但也有一些夫妻，是你終生的怨恨，這大概就是稱為孽障的惡緣了。

婉冬是我在日本留學時結交的女友，那時她在研究所攻讀醫學博士，還有一年就可以畢業了。

她是一個大陸著名的將軍的女兒，父親從小被賀龍收養。她的母親也是個醫生，是她父親第三任太太。命運之神似乎很鍾愛她，從小錦衣玉食，侯門似海，但文革中，她父親因為賀龍的誅連，被捕入獄，她便隻身到湘西農村，當下鄉知青，那時，她才十七歲。

她住在一家貧窮的農婦家裡，善良的農婦把她當女兒一樣看待，母雞下了蛋，捨不得自己吃，一定要留給她。農婦有一個兒子，在外地當兵，農婦不識字，所以來往信件，都由婉冬代勞。

起初，她和他談些家務瑣事，後來，兩個素未謀面的年輕人開始談理想、人生，終於他們談了愛情，論及婚嫁。

婉冬到中國南海一個遙遠的孤島上去和他結婚。當一葉扁舟在海浪中搖啊，搖，把她送上未知的命運碼頭時，她發現她千里迢迢要來相依的他，並不是她心儀的男人。

她嬌小柔弱，他粗魯蠻橫，他在這孤島上當了六年兵，待她就像禿鷹見到了鮮嫩的獵物，通信中文質彬彬的他，原來是個火爆爆的可怕男人。

新婚之夜，她就後悔了，記不得自己說了句什麼，卻永遠記得新婚的丈夫一下抽出了手槍，以後，那枝槍的陰影常在她和他爭吵時重現。

後來，她父親官復原職，她又回到了深宅大院，丈夫也因著父親的關係，從小島調到大都市，而且接連提升，被保送到軍事學院，成了一個有臉面的軍官。

可是，他依然暴躁，也許兩人出身背景的不同，使他徒生自卑之感，心理很不正常，她身上紅一道，紫一道，都是他給她留下的。她不敢告訴父母，因為他們為了面子，不准她聲張。有一天夜裡，不知為什麼口角，丈夫一把揪住她的柔髮，冰冷的槍口一下抵在她的腦門上……。

她大叫一聲，差一點嚇昏過去，那時她正懷著二個月的身孕。丈夫把槍口抵在她的腦門上，手扣在扳機上，一觸即發！

「告訴你，老子太愛你了，愛得發瘋，你是我的第一個女人，也是我永遠的女人；你休想跑，你要跑，老子斃了你，再斃了自己，生不同時，死同穴！」她眼前一黑，一下癱在地板上，頭重重地垂下，身下一灘血污，她流產了，從此，再也沒有懷上過孩子。

她不敢向任何人說，她怕他，像怕一個惡魔。她偷偷地跑到一個深山的大廟，去求神問卜，她是學醫的，本不信這些，但她還是去了，像溺水的人去抓一根輕飄飄的稻草。

老和尚聽了她的哭訴，沈默少許，然後緩緩地說，「你應該遠走高飛，男女結合一定要有緣份，但有些緣份本來卻是孽障，不相輔反相剋。」

她離開和尚，回到家裡，她覺得這個家，像一個布滿殺機的網，把她緊緊罩住。跑，跑到哪裡去呢？跑到哪兒，他也會把她找回來。何況，她有很好的職業，不可能做個四處流浪的女人。

突然，她看見了院子裡那一株正在盛開的櫻花，據說，這株櫻花是當年父親交戰過的一個日本軍官，做為友誼的象徵，在幾年前送給父親的，短短幾年，已是一樹繁花。

對了，去日本留學，去找父親的友人，求他幫助，這樣她就可以名正言順地離開他了。

她說做就做，立即學日文，找經濟擔保人，向單位辭職，忙得一塌糊塗。

他不知道她的用意，只想著她是在趕時髦，加入那成千上萬的留學大潮中去。他嘲笑她婦人的淺薄，但他並沒有十分阻止，因為，他知道她是一個上進的女人，在事業上一直有自己的追求，況且，她答應一年後就回來。她提著行李登上遠赴扶桑的飛機，當飛機衝上藍天，送行的丈夫像一個微不足道的小黑點時，她露出了一絲近乎陰險的暗笑。

她以為惡緣，就這樣掙脫了。

誰知道，一場更大的磨難正在等待著她……

婉冬到了日本，先是上了一年的旁聽生，後來就考入了一所名校醫學院的博士課程，學的是腦外科。

日本的醫生社會地位很高，收入也很可觀，嫁給醫生做太太，或者，低一點，找個醫生當情人，是很多日本女人的夢。而婉冬卻沒有做過夢，原因當然一是因為她自己就是一個醫生，知道醫生很辛苦，責任重大。二是她已是有夫之婦，她失約於丈夫，根本就沒打算還回到他身邊，但又不敢提離婚，因為她怕那暴君般的丈夫會因此受刺激，不知道會做出什麼可怕的事情來！

婉冬是研究室唯一的女生，當然還有幾個走馬燈似地換來換去的女秘書，她的指導教授還很年輕，是個單身貴族，他出身於腦外科世家，先祖曾創辦了一所外科醫院，他沈默少言，整天在研究室不肯回家，是個工作狂。

婉冬也是一個沈靜的女人，加上自己不幸的婚姻，她更加寡於言語，單單弱弱的她，在日本又沒有什麼親人，所以，她也以研究室為寄託，每日陪著教授，孜孜不倦地做試驗。

春去秋來，櫻花開了又謝已有三載，指導教授在一個晚霞紅透的黃昏，向她表露心跡，說是自己早已愛上她，從她踏入研究室，他叫秘書挑出一件最小號的白大褂給她換上，她閃入換衣間，烏黑的秀髮慌亂地束在腦後，張著一雙明徹害羞的大眼睛，怯生生地換好衣服向他款款走來時，他就愛上了這個中國女人……

於是，婉冬又一次走進了男人和女人的命運之中，她不顧一切地辦了離婚，前夫暴跳如雷，但沒有理由不離，婉冬一去三年，他知道自己抓不住這個女人了，他把一房間的物件砸得粉碎，罵婉冬是漢奸，走狗，賣國賊，但他最終在離婚協議書上簽了字。

婉冬在指導教授的安排下，轉到另一所醫學院繼續攻讀，他們怕人家說他們師生戀。在婉冬離開原大學一年後，才秘密地到日本南方美麗的鹿兒島的著名溫泉林田舉行了低調的婚禮。婉冬穿著白色的婚禮裙，頭上是一束還帶著清香的白蘭花，細膩如脂的秀頸上是一串昂貴的長崎天然珍珠項鍊，她挽著夫君的手，一步一步在親友祝福聲中踏上撒滿玫瑰花瓣的紅地毯……

人人都說婉冬命好，嫁了這麼一個好男人，有才、有貌、有錢、有社會地位，何況男方還是初婚呢！婉冬的父母高興得流淚，研究室的女秘書突然辭職，原來，女秘書一直在期待教授向她求婚！

可是，婚後的婉冬才發現，命運又一次捉弄了她，他原來是一個根本沒有家庭觀念的人，不食人間煙火，像個沒有長大的男孩子，任性、自私、專橫，家裡就好像研究室，永遠他說了算，心理上也很不正常，不知是不是因為他有暗疾，原來，他有性障礙的病！

婉冬哭了，常常一個人躲著哭。白天，他倆雙雙對對，一同出門去各自的研究室，夜裡倆人都很晚回家，丈夫是個有潔癖的人，鞋子永遠要排成一條直線，澡盆每天要來蘇水消毒，他洗一次手要洗上七八分鐘，關水管時還要用紙捂住開關！

當一個男人，或一個女人，他或她只是你的同事、朋友、師生、甚至情人時，他（她）的缺點都是做為一個普通的人的缺點，但做為夫妻，那就是另外一件事了，你能忍受嗎？婉冬記不清她是他的學生時，留意到這些缺點沒有，她現在卻吃盡了他的苦頭，每一件事他都要來挑剔，要來指導，她像一個永遠畢不了業的笨學生，日日戰戰兢兢。他說他自己是一個完美主義者，他就是用他的所謂完美主義來折磨她的。

婉冬瘦了，她擔心自己完不成學業，也擔心自己病了。心事沈重的她，開始看些算命、求卜的書來，她現在有的是錢，卻沒有了花錢的心情。

丈夫永遠在指責她，不是罵，也不粗魯，像前夫那樣。而是指責，是跟她講道理，講些她永遠也不想知道的道理。

人們都說，她和他是千里姻緣一線牽，是呵！她從中國躲來這裡，本來是為了逃避婚姻，沒想到又陷入了另一個深淵，兩個男人，兩個連謀面之緣都沒有的男人，卻如此這般相似，更奇怪的是，偏偏都教她碰上了！

緣份，有時很害人。男人和女人的結合，並不都能帶來相伴之力，不相生反相剋，這樣的夫妻大概正是被緣份所誤了。

被愛情遺忘的女人

身為女人，我最熟悉的自然是女人。從小生長在一個除父親之外全是女性的家庭，來到日本又在女子大學教書，所交朋友，十有八九是女人。筆下的作品，又大都是講些女人們的故事。女人，是我頗有興致，永不厭倦的主題。

女人在這個世界上是艱難的，男女的不平等，恐怕最顯著的是愛情。現代社會使女人可以在就業、教育上與男人一爭短長，可在愛情上，女人卻是弱者。

我無法統計，也沒有見到過別人的統計，這世界上究竟是男人多還是女人多?我相信，統計數字大概是男人多，可是，被愛情遺忘的、冷落的卻是女人。

在大陸，我的女友們終身未婚的、喪偶不能再嫁的、離異後不能重組家庭的比比皆是。男人們跑到哪兒去啦?記得當時，北京大姑娘找不到對象的太多，鬧得人心不安，有人便號召全社會關心這個問題。我碩士畢業時，分配到北京一所大學任教，系裡一位老大姐一見夏小舟原來是個女的，好不失望，說，「我還以為來了個大小夥子，想給我那外甥女做個媒呢！」外地進北京工作的男人，不費吹灰之力便娶到一個水靈靈的北京姑娘。而外地來的女孩子，人生地不熟，活該當老姑娘，我的好幾個女同學，至今仍獨身。

大城市姑娘多，小城市姑娘更多。我父親在南方一個中小城市的大學教書，有一陣，大學的老師們眼睛老在快畢業的男學生身上轉，想給自己的女兒，自己的親戚友人的女兒找未來的丈夫。我的母親常說：「我生了這些個女兒，個個唸到洋博士，要是妳們是男孩子，咱家上門求婚的姑娘該有多少？可女兒難嫁呀！我這一輩子的大事就是忙著嫁女兒！」

來到日本，發現被愛情冷落的也是女人。我曾在婦人會教課，上了年紀的婦人們也和我的母親一樣，把女兒嫁掉成了悠悠大事，而日本待嫁的女孩太多太多，都是一些極好的女孩。我的一個叫美衣的女友，畢業於名牌大學，自己有一份收入頗豐的工作，性格文靜，相貌也十分漂亮，可她二十九歲了還是獨身。不是眼角高，挑肥揀瘦，因為她信任我，去相親時常把我拖去參謀，可實在不敢苟合，男人配不上她。好男人哪兒去了？美衣便辭去工作，到美國留學去了。她是醉翁之意不在酒，她不甘心，想去那新大陸找一個她能愛的男人。

我也有許多臺灣在日留學的女友，都是人見人誇的好女孩，可好些已過了論及婚嫁的年華，對方還在「雲深不知處」。我說，日本男少女多，好男人太少，趕快回臺灣找男朋友吧，回答是，臺灣也是彼此彼此。

我曾在一所女子國際會館住過，一棟樓裡都是女留學生，來自世界各國。好女人呀！會做料理，都是攻博士、碩士的女人，可誰也不是啃麵包、喝涼水的苦行僧，做出的料理比那些家庭主婦的不會差到哪去。又都是愛美的女人，腮紅眉青，打扮得漂漂亮亮。唸過書的女人，文文靜靜，偌大一座會館，從不聽吵架聲、說長道短聲。可她們大都「小姑居處本無郎」，被愛情遺忘了。醫生是人人羨慕的好職業，一個七醜八怪的醫學博士，姑娘們還爭著嫁呢！可妮娜，這個來自秘魯的漂亮女孩，戴上了醫學博士的桂冠，卻訂不下一紙婚書。「好男人都有了太太，我總不能硬跑進去，給人當情婦吧！」她告訴我，南美有好多好女人待嫁閨中。

美國是女人愛情的樂園吧？那麼多優秀的男人在那兒打拚。可我的女友新近打電話告急，和她相愛了兩年的B君喜新厭舊，飛回大陸，眼一眨就領來一個天仙般的女孩，比他小了十五歲！天！女友氣得居然罵起我最敬愛的上帝：「上帝他也不管管！降生這麼多女人幹什麼！男人可以找比自己小三十歲的！這世道真不公平！」

是啊！愛情對女人不公平。女人是樹上的花，花開能有幾日紅？二十八歲的女人就是老姑娘了，可二十八歲的男人還有多少錦繡年華呢！男人做到主管、教授，唸到碩士、博士，他就可以有一個好好的家了。而女人呢，當她得到這一切時，恰好意味著她有可能得不到這個家，或失去這個家。對男人來說，事業的成功後面是愛情的成功，而對於女人來說，事業的成功卻往往是人生孤旅的起因。

女人得到愛情不易，保住愛情也比男人艱難。愛情的不幸結果，受創的往往是女人。愛情冷淡女人，對女人不公平，可女人卻偏偏最渴望愛情，愛情之於女人，常常是引誘飛蛾撲火的明燈，是絢麗的毒花，當然，愛情也垂青於女人，可那機遇太少，因此，在愛情上得到厚遇的女人，是幸福的女人。幸福的女人並不一定是本該得到幸福的人，因為幸福是機遇，而不是報酬，不是付出後的給予。

被愛情冷淡，遺忘的女人是最可悲，最應該得到同情的女人。但幸好愛情並不是世間的一切，不然，一定會有許多的女人枯萎，沒有愛情的人生是寂寞的，可我們在事業的追求中，在人格的淨化中，在世界的一些有益活動中，依然會活得美好。

三民叢刊書目

㉖作家與作品　謝冰瑩著
㉗冰瑩書信　謝冰瑩著
㉘冰瑩遊記　謝冰瑩著
㉙冰瑩憶往　謝冰瑩著
㉚冰瑩懷舊　謝冰瑩著
㉛與世界文壇對話　鄭樹森著
㉜捉狂下的興嘆　南方朔著
㉝猶記風吹水上鱗
・錢穆與現代中國學術　余英時著
㉞形象與言語
・西方現代藝術評論文集　李明明著
㉟紅學論集　潘重規著
㊱憂鬱與狂熱　孫瑋芒著
㊲黃昏過客　沙　究著
㊳帶詩蹺課去　徐望雲著
㊴走出銅像國　龔鵬程著
㊵伴我半世紀的那把琴　鄧昌國著
㊶深層思考與思考深層　劉必榮著
・轉型期國際政治的觀察
㊷瞬　間　周志文著
㊸兩岸迷宮遊戲　楊　渡著
㊹德國問題與歐洲秩序　彭滂沱著
㊺文學關懷　李瑞騰著
㊻未能忘情　劉紹銘著
㊼發展路上艱難多　孫　震著
㊽胡適叢論　周質平著
㊾水與水神
・中國的民俗與人文　王孝廉著
㊿由英雄的人到人的泯滅
・法國當代文學論集　金恆杰著
51重商主義的窘境　賴建誠著
52中國文化與現代變遷　余英時著
53橡溪雜拾　思　果著
54統一後的德國　郭恆鈺主編
55愛廬談文學　黃永武著
56南十字星座　呂大明著
57重疊的足跡　韓　秀著
58書鄉長短調　黃碧端著
59愛情・仇恨・政治　朱立民著
・漢姆雷特專論及其他

60 蝴蝶球傳奇 顏匯增著
・真實與虛構
61 文化啓示錄 南方朔著
62 日本這個國家 章陸著
63 在沉寂與鼎沸之間 黃碧端著
64 民主與兩岸動向 余英時著
65 靈魂的按摩 劉紹銘著
66 迎向眾聲 向陽著
・八〇年代臺灣文化情境觀察
67 蛻變中的臺灣經濟 于宗先著
68 從現代到當代 鄭樹森著
69 嚴肅的遊戲 楊錦郁著
・當代文藝訪談錄
70 甜鹹酸梅 向明著
71 楓香 黃國彬著
72 日本深層 齊濤著
73 美麗的負荷 封德屏著
74 現代文明的隱者 周陽山著
75 煙火與噴泉 白靈著
76 七十浮跡 項退結著
・生活體驗與思考
77 永恆的彩虹 小民著
78 情繫一環 梁錫華著
79 遠山一抹 思果著
80 尋找希望的星空 呂大明著
81 領養一株雲杉 黃文範著
82 浮世情懷 劉安諾著
83 天涯長青 趙淑俠著
84 文學札記 黃國彬著
85 訪草（第一卷） 陳冠學著
86 藍色的斷想 陳冠學著
・孤獨者隨想錄
A・B・C全卷
87 追不回的永恆 彭歌著
88 紫水晶戒指 小民著
89 心路的嬉逐 劉延湘著
90 情書外一章 韓秀著
91 情到深處 簡宛著
92 父女對話 陳冠學著

⑬ 陳冲前傳　嚴歌苓著
⑭ 面壁笑人類　祖　慰著
⑮ 不老的詩心　夏鐵肩著
⑯ 雲霧之國　合山　究著
⑰ 北京城不是一天造成的　喜　樂著
⑱ 兩城憶往　楊孔鑫著
⑲ 詩情與俠骨　莊　因著
⑩ 文化脈動　張　錯著
⑩ 桑樹下　繆天華著
⑩ 牛頓來訪　石家興著
⑩ 深情回眸　鮑曉暉著
⑩ 新詩補給站　渡　也著
⑩ 鳳凰遊　李元洛著
⑩ 文學人語　高大鵬著
⑩ 養狗政治學　鄭赤琰著
⑩ 烟　塵　姜　穆著
⑩ 河　宴　鍾怡雯著
⑩ 滬上春秋　章念馳著
⑪ 愛廬談心事　黃永武著
⑫ 吹不散的人影　高大鵬著
⑬ 草鞋權貴　嚴歌苓著
⑭ 是我們改變了世界　張　放著
⑮ 夢裡有隻小小船　夏小舟著
⑯ 狂歡與破碎　林幸謙著
⑰ 哲學思考漫步　劉述先著
⑱ 說涼　水　晶著
⑲ 紅樓鐘聲　王熙元著
⑳ 寒冬聽天方夜譚　保　真著
㉑ 儒林新誌　周質平著
㉒ 流水無歸程　白　樺著
㉓ 偷窺天國　劉紹銘著
㉔ 倒淌河　嚴歌苓著
㉕ 尋覓畫家步履　陳其茂著
㉖ 古典與現實之間　杜正勝著
㉗ 釣魚臺畔過客　彭　歌著
㉘ 古典到現代　張　健著
㉙ 帶鞍的鹿　虹　影著
㉚ 人文之旅　葉海煙著

⑬1 生肖與童年　小民著　喜樂圖
⑬2 京都一年　林文月著
⑬3 山水與古典　林文月著
⑬4 冬天黃昏的風笛　呂大明著
⑬5 心靈的花朵　戚宜君著
⑬6 親　戚　韓　秀著
⑬7 清詞選講　葉嘉瑩著
⑬8 迦陵談詞　葉嘉瑩著
⑬9 神樹　鄭　義著
⑭0 琦君說童年　琦　君著
⑭1 域外知音　張堂錡著
⑭2 遠方的戰爭　鄭寶娟著
⑭3 留著記憶・留著光　陳其茂著
⑭4 滾滾遼河　紀　剛著
⑭5 王禎和的小說世界　高全之著
⑭6 永恆與現在　劉述先著

⑭⑦ 東方・西方

夏小舟 著

東方古老神祕而透徹，溫情而淡漠；西方快樂的吉他演奏悲情的歌。長年浪迹於日本與美國的作者，如同一葉小舟，以其豐富的情感，敏銳地觀察異國生活情趣不同面貌，進而以細膩文筆記錄下來，使讀者能藉由閱讀和其心靈有最深切的契合。

⑭⑧ 嗚咽海

程明琤 著

作者以行世的闊步、觀想的深情，帶領讀者閱歷世界——一同憑弔瑪雅文明的浩劫災難；吟咏廬山的懸松傲柏；繫情塞歌維亞的夕輝斜映；漫遊唐吉訶德的故鄉。更以人文的關懷，心靈的透悟來探思文化、體驗人生、拓昇智慧。

⑭⑨ 沙發椅的聯想

梅　新 著

擔任中副總編輯多年，梅新先生經歷了文化界的春去秋來，看多了人事的起伏，由他敏銳的觀察力所發抒成的文字，也更能扣緊時代脈動。本書包含作家訪談、藝文評論、生活自述，透過這些真摯生動的文字，我們彷彿見到一幅筆觸淡雅的文化群相。

⑮⓪ 資訊爆炸的落塵

徐佳士 著

在日新月異的電動玩具之外，您是否亦曾留意到資訊時代來臨在你我生活中所產生的新情境？在傳播媒體提供的聲光娛樂之餘，您是否關心其後所產生的文化衝擊？本書深入淺出為您剖析資訊社會中大眾傳播激盪下的文化省思，值得您細心體會。

⑮1 沙漠裡的狼

白樺 著

像在冷冽的冬夜裡啜飲著濃烈的茶，感受一種在蒼茫大地上，心海澎湃的震顫。那麼地古老、深沈，剎時間，恍若置身廣闊的大漠，一回首，就是長城。這是金鼎獎作家又一直指人性，內容深刻的作品，請您在一個適合沈思的夜晚，漫步中國。

⑮2 風信子女郎

虹影 著

一本能深刻引起讀者共鳴的小說，其必然與人世現實生活有著緊密的關連。本書作者秉持著對人的命運的關切，遠勝於對以往藝術形式的關注，賦予了文學創作的生命。從本書作者對人物刻劃描述的過程中，可窺知作者對此一理念的堅守。

⑮3 塵沙掠影

馬遜 著

生命的旅途中，有許多可掌握的機運，但似乎一半早已註定……。馬遜教授從故鄉到異國求學，最後來臺定居，繼而與佛結了不解之緣。滿懷豐富的情感，細膩的筆觸，深刻的寫下了旅赴歐美等地之點滴情事，而念舊懷恩之情愫亦時時浮現於文中。

⑮4 飄泊的雲

莊因 著

歲月的洗禮，在人們內心深處烙印著痛苦、悲哀、快樂與美好的回憶。由於時代的變動、戰爭的摧折，作者歷盡滄桑的輾轉遷徙，使那些漂流不定、幻化多變的過往，煥發出人生的智慧。就讓我們乘著飄泊的雲，領會「知足常樂，隨遇而安」的生活哲理。

⑮ 和泉式部日記

林文月 譯・圖

本書為日本平安時代文學作品中與《源氏物語》、《枕草子》鼎足而立的不朽之作。書中以簡淨的日記形式，記錄了一段不為俗世所容的戀情。優美的文字，纏綿的情詩，展現出愛情生活中細膩的起伏感受與歡愁，穿越時空，緊扣你我心弦。

⑯ 愛的美麗與哀愁

夏小舟 著

愛情之於女人，常常是引誘飛蛾撲火的明燈，是絢麗的毒花，可女人偏偏渴望愛情。作者列舉許多男女的愛情、婚姻故事，郎才女貌未必幸福，摯情摯愛未必有緣，只是男人與女人之間如同萬物的規則，一物降一物，鹵水點豆腐，魔高一尺，道高一丈。

⑰ 黑月

樊小玉 著

丁小玎隨著所在的中國公司到國外做勞務承包。因為是公司的英語翻譯，加上辦事勤快，見了人又總是一個柔柔和和的笑，於是很快就引起當地大部分男人的注意；而小玎能否在心儀的外交人員與愛慕自己的餐廳老闆間找到最後情感的歸宿？……

⑱ 流香溪

季仲 著

作者透過一群「沿江吉普賽人」在流香溪畔發生的動人故事，牽引出現代觀念與傳統文化的價值矛盾、中日文化的碰撞衝突、人與自然的挑戰，以及善與惡的拉扯等；全書行文時而如行雲流水，時而又如波濤洶湧，讀來意趣盎然，發人深省。

⑮⑨ 史記評賞

賴漢屏 著

司馬遷《史記》一三〇篇，既是「究天人之際，通古今之變」的史學鉅著，也是我國古代傳記文學的精華。本書作者自幼即喜讀《史記》，從師學習，如今蘊藉已深，以其深厚的治學基礎，發為見解獨具的文采手華，帶領讀者一探《史記》博雅的世界。

⑯⓪ 文學靈魂的閱讀

張堂錡 著

文學的力量使孤寂的心靈得到慰藉，貧乏的人生變得富有，唯有肯駐足品味的人才能透晰其所傳達出最深藏的祕密。本書共分三輯，窺視文學蘊含的殷情深意；感受其求新求變以及對大環境的價值。各自激發不盡的聯想與深沈的感動。

⑯① 抒情時代

鄭寶娟 著

在平淡無奇的生活中，你可曾留意生命中點點滴滴不平凡的小故事？作者以其平實的筆觸，刻劃出看似平凡卻令人難以遺忘的人生軌跡，你我都可能身在其中。書中情節所到之處，或許平凡、或許悲傷，但卻也不時充滿著生命的躍動，值得細細體會。

⑯② 九十九朵曇花

何修仁 著

人生有多少夢境會在現實中重複出現？是山間的樵歌？白雲間的群雁？還是昔日遠方純樸、悠閒的鄉間漫步？作者來自屏東，以濃郁深摯的筆調，縷縷細述人生中最動人的記憶，伴隨你我，步履於南臺灣的舊日情懷，一同感受人間最純摯的情感。

⑯③ 說故事的人

彭歌 著

這是作者多年來觀察文壇、社會與新聞界的肺腑之言。輯一故事與小說自不同角度探討小說寫作；輯二人與文刻劃出許多已逝人物卓然不凡的風範；輯三海外生涯則寫遊記、觀賞職籃等旅居海外之觀感。讀了此書，彷彿親身經歷了一趟時空之旅。

⑯④ 日本原形

齊濤 著

從明治維新以來，日本的一舉一動都對世界有著深遠的影響，尤其對臺灣來說，其影響更是巨大。作者長期旅日，摒除坊間「媚日」或「仇日」的論調，以客觀的描述，剖析日本的現形。對想要了解日本時勢與脈動的人來說，是不得不看的一本好書。

⑯⑤ 從張愛玲到林懷民

高全之 著

作者以嚴謹誠虔的態度，客觀分析的筆調，來評論臺灣當代小說，深深讓讀者了解近代文學的特點，進而深入九位作者的作品中，提供一些深刻的創見，帶領你我欣賞文學的美與實，進而體驗文學對生命喜悅、悲哀等生動的描述。

⑯⑥ 莎士比亞識字不多？

陳冠學 著

莎士比亞識字不多！一直以來被誤認是個偉大的作者。讀過本書，應能還莎士比亞一個清白，他絕對不是一個掠美者。這把聖火在臺灣重新點燃，希望將來這聖火能夠由臺灣再度傳回英國，傳到世界各地，也好讓莎士比亞的靈魂得到真正的安息。

⑯⑦ 情思・情絲

龔華 著

「妳，像野薑花；清香，混合在黎明裏，催我甦醒。沒有妳，我睜不開眼睛，走進陽光的世界。她，是我在黃昏裏，永遠踩不到的影子。像夜來香，惑我走進黑夜的濃郁……」本書集結了龔華在〈中副〉發表的散文，篇篇情意真摯，意境深遠，值得細細品味。

⑯⑧ 說吧，房間

林白 著

一個是離婚、失業的中年婦女，一個是愛熱鬧的單身貴族。兩個背景、個性迥然不同的女子，為何會發展出一段患難與共的交情？且看兩個女子的心情告白。本書在作者犀利細膩的筆調下，深刻描繪出都會女子的愛恨情仇、悲歡離合，值得細細品味。

⑯⑨ 自由鳥

鄭義 著

六四事件的悲憤情緒才剛平復，對八九民運功過的批判聲音竟已隨之響起。對此，大陸流亡作家鄭義，以一幕幕民運歷程與鐵幕紀實，申訴著他的心痛與不平。文中流露對同胞的關懷和自由的嚮往，深深地牽引著每一個中國人心中的沈痛與感動。

⑰⓪ 魚川讀詩

梅新 著

詩是抒情的天堂，但並非每個人都能領會其中的意涵。本書是梅新先生的遺作，首創以雜文式的筆調評論詩作，不依恃理論，反而使篇章更形活潑，有就事論事的評述，也有尖銳的諷喻，語帶機鋒，趣味盎然。引領您一窺知性與感性的詩情世界。

⑰ 好詩共欣賞

葉嘉瑩 著

本書作者葉嘉瑩教授，融會西方接受美學、符號學及中國詩論，來解讀陶淵明、杜甫、李商隱的作品，分析了三人作品的形象、情意和其中所含的隱微深意，並從興發感動讀者的角度來詮釋作品的成功與否，是喜愛古典詩的讀者不可錯過的好書。

⑰ 永不磨滅的愛

楊秋生 著

現代人的生活壓力大，使得人生危機四伏，生活充滿徬徨、疲倦和無力感。如何化解此一危機？作者以多年學佛的體驗，以及和家人朋友互動的點點滴滴，而了解到愛的真義，並希望能將愛分享給每個人，以重燃信心和希望。

國家圖書館出版品預行編目資料

愛的美麗與哀愁／夏小舟著. --初版.
--臺北市：三民，民86
面；　公分.--(三民叢刊；156)
ISBN 957-14-2690-3（平裝）

855　　86012111

國際網路位址　http://sanmin.com.tw

著作人　夏小舟
發行人　劉振强
著作財產權人　三民書局股份有限公司
臺北市復興北路三八六號
發行所　三民書局股份有限公司
地　址／臺北市復興北路三八六號
電　話／五〇〇六六〇〇
郵　撥／〇〇〇九九九八——五號
印刷所　三民書局股份有限公司
門市部　復北店／臺北市復興北路三八六號
重南店／臺北市重慶南路一段六十一號
初　版　中華民國八十七年一月
編　號　S 85374
基本定價　叁元肆角
行政院新聞局登記證局版臺業字第〇二〇〇號

ISBN 957-14-2690-3（平裝）